廣野由美子
Yumiko Hirono

ミステリーの人間学

――英国古典探偵小説を読む

岩波新書
1187

ミステリーの人間学

目次

序 章

探偵小説の誕生

ロンドンのニューゲイト監獄(1782年開設，1902年廃止．1868年まで，この前で公開処刑が行われた)

1　ミステリーと文学

ミステリーとは何か

ミステリーと探偵小説、推理小説は、通常ほぼ同義に用いられている。犯人捜しに重点を置いたものが探偵小説または推理小説で、怪奇趣味が濃厚なものがミステリーであるというような区別がなされることもあるが、不可思議な謎が中核に据えられているという点で、これらの間に本質的な差異はない。

しかし、本来、探偵小説・推理小説(detective story)が特定の文学ジャンルの名称であるのに対して、ミステリー(mystery)はジャンル名(mystery story)であるのみならず、「秘密・謎・不可解なもの・神秘」といった広義の意味を含む一般名詞でもある。したがって文学においても、ミステリーは、特定のジャンルにかぎらず、あらゆる作品に含まれる普遍的な要素・機能であると言える。しかし、文学用語としてのミステリーは、あまり正確に定義づけられていないようだ。文学用語事典の類でも、「ミステリー」の項目が挙げられているものは、意外に少ない。

イギリスの作家で小説研究者としても知られるE・M・フォースター(一八七九―一九七〇)は、小説の「プロット」について定義するさい、次のように、ミステリーとは何かということにも触れている(引用中の「ミステリー」という言葉に傍点を付けておく)。

プロットの意味を明らかにしよう。ストーリーは、時間の順に配列された出来事の叙述であると定義した。プロットも出来事を語ったものではあるが、因果関係に重点が置かれる。「王が死に、それから女王が死んだ」というのは、ストーリーである。「王が死に、悲しみのあまり女王が死んだ」というのは、プロットである。この場合、時間の連続性は保たれているが、因果の意味合いが影を投げかけている。さらに、「女王が死んだ。その理由を知る者は誰もいなかったが、やがてそれは王の死に対する悲しみのゆえであったとわかった」というのは、ミステリーを含んだプロットで、高度の発展の可能性を秘めた形態である。ここでは時間が一時停止し、限界の許すかぎりストーリーからかけ離れている。女王の死に関して言えば、私たちはストーリーならば「それから?」と尋ね、プロットならば「なぜ?」と問う。小説の二つの様相であるストーリーとプロットとの根本的な違いは、ここにあるのだ。

フォースターの区別によれば、ストーリーはたんに、次がどうなるかという原始的な好奇心のみを刺激するものであるのに対して、プロットは、新しい事実を「孤立したものとして見ると同時に、すでに読んだページに書かれていたことと関連づけて見る」ための知性と記憶力を、読者に要求するものなのである。彼は続いて、プロットとミステリーの関連について、次のように議論を発展させてゆく。

　高度に組み立てられた小説では、さまざまな事実が互いに対応し合っている場合が多く、鑑識眼のある読者でも、最後に見晴らしのよい高みに行き着くまでは、事実の全貌を眺めることはできない。この意外性、あるいはミステリーという要素——時として探偵的要素という空疎な呼び方をされることもある——が、プロットにおいてはきわめて重要なのである。それは、時間の連続性を一時中断することによって生じる。ミステリーとは、いわば時間のポケットであり、「なぜ女王は死んだのか?」というようにあからさまな形で出てくる場合もあれば、素振りや言葉でそれとなく示し、本当の意味はずっと先になってから明かすというような、もっと微妙な形をとる場合もある。ミステリーはプロットに不可欠の要素で、知性がなければ理解することはできない。好奇心が強い人々にとっては、それもまた、ただの「それから」にすぎない。ミステリーの真価がわかるには、頭の一部はあとに残したまま考え続け、頭のほかの部分は先へと進み続けなければならないのだ。
(『小説の諸相』第五章)

以上のように、フォースターがストーリーとの比較をとおしてプロットを定義づけるとき、ミステリーの特質が明らかになってくる。つまり、物語の時の流れを止めるもの、読者に「なぜ？」と問わせる要素がミステリーであるとするならば、あらゆる文学にはミステリーが含まれているといっても過言ではない。

「ミステリー」から探偵小説《ミステリー》へ

この普遍的な文学的要素としての「ミステリー」を特化し、その部分を高度に発達させることによって派生してきたジャンルが、ミステリー＝探偵小説と言えるだろう。以下、本書では、広義の「ミステリー」(かぎ括弧付き)と区別し、狭義のジャンルとしてのミステリー(かぎ括弧なし)を、探偵小説と同様の意味で用いることにする。

フォースターは、物語に対する人間の心の作用を「それから？」と「なぜ？」とに振り分け、前者の出所を好奇心に、後者の出所を知性に帰したが、実際にはそれほど単純に割り切れるものではない。次がどうなるかを推測することもまた知性の働きであるし、謎はつねに人間の好奇心をそそってやまないものである。それゆえ、さしずめ「ミステリー」とは、謎解きに対する読者の好奇心と理知的欲求を搔き立てる牽引力を秘めた要素とでも言い換えておいたほうがよいだろう。探偵小説は、まさにこの牽引効果を集中的にねらったジャンルであるため、いきおいそこには知的な遊びへと向かう方向性が含まれている。

こうして、探偵小説は娯楽の文学となり、次第に文学そのものから遊離する兆しさえ見せることになったのである。引用中でフォースターが「探偵的要素」(detective element)という言葉を用いるさいに「空疎」感を表明しているのは、そうした傾向に対する疑念の表れと見ることもできるだろう。

ゲームとしての探偵小説

探偵小説とは何であるかを考えるとき、しばしば問題となるのは、それが文学であるか否かという議論である。

第一には、探偵小説は純然たる謎解きゲーム、むしろスポーツのようなものであって、文学でも芸術でもないという主張がある。日本では、いわゆる「本格探偵小説」を支持する立場が、これに近い。古典的なミステリー作家のなかから代表例を挙げると、イギリスのロナルド・ノックス(一八八八―一九五七)、アメリカのヴァン・ダイン(一八八八―一九三九)、日本の坂口安吾(一九〇六―五五)などが、この陣営に属する。

ゲームであるゆえに、フェア・プレーが行われるべきだとする立場から、ノックスは「探偵小説十戒」を、ヴァン・ダインは「探偵小説のための二〇則」を書いてルールを定めた。坂口安吾は、推理小説は「高級娯楽の一つで、パズルを解くゲームであり、作者と読者の知恵比べ」であって、「芸術などと無縁である方がむしろ上質品だ」と断言している(「推理小説論」)。

また、探偵小説心酔者であることを自認するイギリスの詩人W・H・オーデン(一九〇七―七三)も、自分にとっては「探偵小説を読むことは、タバコやアルコールと同様の中毒」のようなもので、「探偵小説と芸術作品とはまったく無関係であるように思える」と述べている(「罪の牧師館」)。

芸術としての探偵小説

第二は、これと真っ向から対立し、探偵小説は文学、すなわち芸術だと主張する立場である。たとえば、第四章で扱うブラウン神父の生みの親でもあるイギリスの作家チェスタトン(一八七四―一九三六)は、評論のなかで次のようにこのジャンルを弁護している。

大衆は上質な文学より下等な文学を好み、大衆が探偵小説を喜んで受け入れるのは、それが下等な文学であるからだというような通説があるが、これは愚論である。……幸い、広く読まれている優れた本は数多くあるし、さらに幸いなことには、さっぱり読まれていないくだらない本もある。同じ探偵小説ならば、おそらく上質な作品のほうが下等な作品よりもよく読まれるだろう。問題はむしろ、優れた探偵小説というものが存在することを、理解しようとしない人たちが多いことにある。そういう人たちにとっては、よき探偵小説とよき悪魔とが、同レベルの話に思えるらしい。……扇情的な犯罪に満ち溢れているという点では、探偵小説とシェイクスピア劇は同じであると、あえて言っておく。

（「探偵小説弁護」）

このようにチェスタトンは、文学の普遍性へとつながる優れた探偵小説が存在することを強調する。彼はさらに一歩推し進めて、都市の混沌を描く探偵小説のなかに詩的な美を見出す。混沌の世界と戦う探偵をロマンスの主人公に見立てることによって、チェスタトンは探偵小説を、古代ギリシアの叙事詩『イーリアス』に遡る文学伝統上に位置づけようとするのである。

わが国における探偵小説芸術論の旗手と呼ぶべき木々《きぎ》高太郎《たかたろう》（一八九七―一九六九）は、「探偵小説は、一度読まれて、そして直ちに捨てられるものであってはならぬ」と主張する。「小説と論理的思索」という「二つのまったく異なった精神活動が、奇しくも結合して出来る文学が、即ち、探偵小説」であり、「この意味においては、あらゆる文学のうちで、探偵小説は、最も理智的にして最も高尚なる精神活動の文学であって、同時に、最も情感的なスリルを伴う文学でもある」と、彼は自らのミステリー作品『人生の阿呆』（一九三六）に掲げた序文で熱く語る。

文学と探偵小説の間

第三は、両極端の中間に位置する。ともに探偵小説の実作者としてのみならず、このジャンルの研究のうえでも大きな業績を残したイギリスのドロシー・セイヤーズ（一八九三―一九五七）や、日本の江戸川乱歩（一八九四―一九六五）などは、この立場に立った先駆けである。

セイヤーズは、問題の設定・究明・解決から成る探偵小説は、アリストテレスの言う「始め・中間・終わり」というプロットの三要素を完備している点で、高度に完成された芸術作品になり得ると主張するが、一方でその限界をも指摘する。探偵小説は「逃避の文学」であって「表現の文学」ではないから、それは「文学的に最高のレベルに達することは不可能だ」と、彼女は述べるのである（『探偵・ミステリー・恐怖短編小説集』序文）。

江戸川乱歩は、彼が「探偵小説本来のもの」と呼ぶトリックと推理を第一とし、それを損なわない範囲で文学的要素を取り入れた「文学味ある探偵小説」が理想であるという折衷派的立場をとっている（「一人の芭蕉の問題」）。

人間を描くという条件

以上に紹介したのは、二〇世紀前半のやや古い言説であるが、創作・理論両面で探偵小説の確立に精力的に取り組んだ彼らの主張は明白であり、今日のものの見方の傾向と基本的には変わらない。これらの相対立する議論のなかで、どれが最も正しい主張であるかを結論づけることは、いまだに困難である。いずれの議論も部分的には正しいが、弱点を併せ持つ。

文学と探偵小説とを完全に切り離そうとする第一の立場は、もともと探偵小説が、フォースターが言及しているような「ミステリー」性という普遍的要素によって、文学と底がつながっているということに関して、洞察が欠けている。

第二の立場の弱点は、彼らが推奨するような優れた探偵小説がまれにしか存在しないという実情があることだ。法医学者の探偵ソーンダイク博士の創造で知られるイギリスの作家オースティン・フリーマン(一八六二—一九四三)も、探偵小説は駄作があまりにも多すぎるゆえに駄作を基準に低級であると判断されがちだと嘆いている(「探偵小説の技法」)。これは一九二〇年代の発言ではあるが、その状況は今日も大きく変わっていない。少なくとも英文学の世界では、アーサー・コナン・ドイル(一八五九—一九三〇)やアガサ・クリスティー(一八九〇—一九七六)の作品でさえも、アカデミックな文学研究の対象として正面から取り上げられることは、まれである。

第三の立場も、いまひとつ曖昧である。セイヤーズの議論は、文学の種類とレベルの問題を混同しているきらいがある。また、江戸川乱歩のように、文学的要素と探偵小説的要素とを分離して優先順位を決めようとする論点にも、無理があるように思われる。

そこで本書では、ひとまず文学性という問題は脇に置くとして、探偵小説が小説の一形式であること、したがって、それは人間を描いたものであるという前提から出発することにしたい。犯人・被害者・容疑者・探偵などはすべて人間であるから(ただし、ポーの「モルグ街の殺人」の犯人のような例外もある)、人間らしく描かれなければならない。いかに極悪非道の犯人や超人的な探偵であっても、それが拙劣な筆致で機械のごとく不自然に描かれていれば、もはや読むに堪えないものとなる。したがって、人間が描けているかどうかということが、一般の小説と同様、探偵小説においても作品の成否を決定する重要な基準のひとつとなるのである。

では、探偵小説は、いかなる人間の側面を描くのか。探偵小説にこそ描ける、あるいは探偵小説が描くことを強みとする人間の側面というものがあるだろうか。まずは、こういう問いを立ててみよう。

探偵小説という文学装置

だが、その前に、探偵小説と呼ばれるジャンルの範囲を定めておく必要がある。たとえば、犯罪に関わる謎を解くというパターンを含んだ作品をすべて探偵小説の範疇に加えるとするなら、その源はかぎりなく古い時代にまで遡らなければならない。セイヤーズの指摘によれば、探偵小説の原形は、東洋の民話集や旧約聖書中の物語にも見られるという。

しかし、ジャンルとしての探偵小説は、やはり、職業としての探偵が歴史上に誕生した時代に初めて成立したものと見るべきであろう。というのも、他人の秘密や罪を暴くということは、ふつうの人間が行うのと探偵が職業的に行うのとでは、重大な相違があるからだ。

事件や犯人と直接関わりのある素人が他者を追いつめその罪状を暴き立てると、どういうことになるか。シェイクスピアの悲劇の主人公ハムレットは、先代の王たる自分の父を殺した犯人が、叔父クローディアスであるという秘密を暴くが、それを察知したクローディアスに命をねらわれることになり、復讐を遂げると同時に自ら非業の死を遂げる。

社会思想家ウィリアム・ゴドウィン(一七五六―一八三六)が書いた小説『ケイレヴ・ウィリアムズ』(一七九四)は、殺人事件で容疑者が処刑されたあと、主人公ケイレヴが真犯人を見破るという物語で、しばしばイギリス探偵小説の起源とも言われる。しかし、自分の主人である地主フォークランドの罪状を嗅ぎつけたケイレヴは、罪の発覚を恐れるフォークランドから、逆に執拗な迫害を受けることになる。

アメリカの小説家ナサニエル・ホーソン(一八〇四―六四)の『緋文字』(一八五〇)では、妻の不貞の相手を見つけようと復讐心に駆られたチリングワースは、牧師ディムズディールを監視し続け、ついにはその姦通の秘密を暴く。しかし、他人の魂を間断なく覗き込むという悪魔的所業により堕落したチリングワースは、ディムズディールの死後、復讐の餌食をなくした喪失感のために死んでしまう。

同様の例を文学作品から挙げると、枚挙にいとまがない。つまり、人を呪わば穴二つというわけで、他人の罪を暴く者は自らも破滅に陥る危険に晒される。かりに危険から逃れたとしても、その経験を経ることによって、自ら大きな変容を余儀なくされるのである。

ところが、他人をとことん追いつめつつ自らはまったく無傷であるということを可能たらしめる文学上の装置が考案された。秘密を暴くという役割を職として担う者(あるいはそれに準ずる第三者)、つまり、「探偵」を物語の主人公として設定するというアイデアである。これから生じた新しいジャンルが、探偵小説なのである。

探偵はあたかも不死身であるかのごとく、あらゆる危険を脱することができる。というよりも、そういう設定にしなければ、そもそも話が成り立たないのだ。探偵はそれが任務であるという理由から秘密を暴くのであって、彼(彼女)自身の精神上の問題はさして重要ではない。秘密を暴く技にさえ長けていれば、必ずしも模範的人物である必要もないのだ。自分は「退屈しのぎ」のために事件に取り組むのだと言ってはばからず、ヘビー・スモーカーにしてコカイン常習者であるシャーロック・ホームズの例を待つまでもなく、小説に登場する名探偵は、むしろ癖の強い変わり者が多い。

こうして、文学作品に探偵という存在を導入することによって、人間の悪の秘密を白日のもとに晒し、その罪を完膚無きまで、しかも理路整然と暴くことが可能となる。ここから、最初に掲げた問いに対する答えが引き出せそうだ。つまり、探偵小説とは、人間の弱点や人間性の暗部を探究するうえで、格好のジャンルのひとつだと言えるのである。

2　探偵と探偵小説

では、探偵小説を生み出す原動力となった探偵が、実際に歴史上に姿を現した時代背景を辿っておこう。

フランスに出現した現実世界の探偵

世界で最初の探偵が誰であるかを規定することは不可能だが、その草分けとして最も重要な人物が、フランスのフランソワ・ヴィドック（一七七五―一八五七）であることは確かだろう。ドイツの探偵小説研究家ワルター・ゲルタイスの言葉を借りるなら、ヴィドックこそは、「探偵という新しい職業が生まれたこと、そして、庶民の想像力が新しい英雄を見出したことを、初めて、しかも圧倒的な力をもって世界に知らしめた男」だったのである（『探偵』）。当時としては自然なことだったが、現代の観点からすると意外に思えるのは、彼が元犯罪者だったことだ。ヴィドックはパン屋の息子として生まれ、家の金を盗んで出奔し軍隊に入ったが、脱走して投獄され、獄中で公文書偽造の罪を着せられ、重罪人としてブレストの監獄で強制労働の刑に処せられる。その間何度も脱獄を繰り返し、ついに逃亡に成功して二四歳のとき自由の身となるが、至るところで顔見知りのならず者に出会い、いつ密告されるとも知れぬ危険におびやかされて、ついに自ら密偵となる道を選ぶ。

一〇年後の一八〇九年、ヴィドックはパリ警察に協力することを申し出る。最初は監獄内で密告の仕事をして手柄を立て、一八一二年には、新設された特捜班の指揮を務めることになった。以後彼は、暗黒社会で得た情報や手口、変装やスパイの技を駆使する一方で、犯罪者と犯罪手口を分類したカードを作成し各地の警察に配備するという捜査方法を確立することによって、警察に大きな貢献をした。一八二七年、ヴィドックは上司との不和や他の密偵の裏切りなどがもとで失脚するが、その後、世界最初の私立探偵事務所とも言うべき経済情報事務局をパリに設立した。

フランソワ・ヴィドック

ヴィドックの波乱に富んだ人生を記録した『回想録』は、一八二八年から翌年にかけてパリで出版され、たちまち翻訳されて欧米各国で無数の熱狂的な読者を獲得した。フランスのエミール・ガボリオやバルザック、ユゴーをはじめ、アメリカのポー、イギリスのディケンズやコリンズ、コナン・ドイルなど、多くの作家たちがヴィドックの『回想録』を読んで大きな影響を受けたのである。

アラン・ピンカートン
(60歳頃)

アメリカのピンカートン私立探偵社

アメリカでは、アラン・ピンカートン(一八一九―八四)が探偵の先駆者として名高い。彼はスコットランドの警官の息子として生まれたが、チャーチスト運動にのめりこんだことをきっかけに、政府の弾圧を逃れ祖国を出てアメリカに渡り、シカゴの近くの町ダンディで樽《たる》職人となった。

一八四六年、ピンカートンは近くの島で材木を集めていたとき、不審な野営の跡を見つけて、ケイン郡保安官に報告し、贋金作りの一団の逮捕へと導いた。この手柄によって評判になったピンカートンは、その後保安官補佐に任命され、得意の演技力を駆使した囮《おとり》捜査などによって、次々と贋金作りを摘発した。また、シカゴ郵便局の特別諜報員として、当時被害が広がっていた郵便泥棒の阻止に当たるなどの任務を果たし、彼の探偵としての才量は、次第に広く知られるようになった。

一八五〇年、ピンカートンは樽製造を廃業して、アメリカ初の私立探偵事務所をシカゴに設立した。「われわれは眠らない」というスローガンとともに、見開かれた人の目を象《かたど》ったピンカートン社の紋章は、やがて「プライベート・アイ」という言葉が私立探偵を意味するまでに普及した。依頼は全国各地から舞い込むようになり、ピンカートン社はスパイ活動などの秘密捜査を基盤に、偽造、詐欺、横領、窃盗、殺人など、警察が解決できないさまざまな事件に取り組む組織として、拡大していった。ピンカートンは、南北戦争に従軍中、秘密諜報機関の初代長官としても任務を担い、また一八六一年には、大統領になった直後のリンカーンを、暗殺計画から救うといった功績も果たしている。

彼はまた、自ら体験した事件を題材とした『モリー・マガイアズと探偵たち』(一八七七)や『謀反のスパイ』(一八八三)、自叙伝『探偵としての三〇年間』(一八八四)をはじめ、一八冊の著書(口述筆記を含む)を遺している。ピンカートンの成功の影響によって、アメリカでは私立探偵社の数が全国的に増加していった。

イギリスの警察組織

それに対してイギリスでは、小説中の探偵に劣らぬほど光彩を放つ実在の探偵は、歴史上になかなか出現しなかった。一八世紀のイギリスではいまだ、厳しい刑法にもっぱら頼ることによって犯罪に対処し、警察の仕事は素人に委ねられるというような状況だった。行政単位である教区の治安判事が、名誉職として裁判官兼警察長官を務め、教区内の住民が順にボランティアで警官となり、治安判事を助けるというシステムになっていた。

特に功績のあった治安判事として名高いのは、小説家・劇作家ヘンリー・フィールディング

（一七〇七―五四）である。彼は一七四八年、ロンドン中心街のボウストリートの治安判事に任命されると、警官に給料を与えたり、パトロール隊を組織したり、「ボウストリート・ランナー」と呼ばれる小規模の探偵部隊を設置したりするなど、数々の改革を行った。イギリスではこれが職業としての警察、および探偵組織の始まりである。

ヘンリー・フィールディング
（ホガース画）

その後大規模な変革が起こったのは、一八二九年、つまり、ヴィドックの回想録が出版された年である。当時の内務大臣ロバート・ピールは、ロンドン警視庁（所在した通りの地名にちなんで「スコットランド・ヤード」と通称される首都警察）を創設し、これによって警察は市民レベルから国家的な制度へと移行した。さらに一八四三年、数件の凶悪事件が起きたことを機に、スコットランド・ヤードに探偵部が設けられた。つまり、制服巡査のほかに、犯罪捜査の任務に当たる私服刑事が所属する部局が生まれたのである。当初はごく少数の刑事しか配属されなかったが、再編成されて犯罪捜査部（Criminal Investigation Department, 略名ＣＩＤ）と呼ばれるようになったのちは、捜査技術にも磨きがかかり、この部門は急速に発展していった。

あとでも取り上げるディケンズやウィルキー・コリンズの作品で、モデルになったとされるイギリス初期の名探偵たちは、このような警察組織のなかから出現してきたのである。

探偵小説の創始者ポー

こうした時代を背景として、一九世紀前半ころから無数の探偵たちが文学作品に登場し始める。前世期後半から流行していた「ゴシック小説」や、ロンドンのニューゲイト刑務所の犯罪記録をもとに一八三〇年代に盛んに創作された「ニューゲイト小説」をはじめ、犯罪の扱われた多くの小説に探偵が出没するようになった。しかし、大半は今日では忘れ去られてしまった作品である。

歴史上、最初の探偵小説とされているのは、先にも触れたアメリカの作家エドガー・アラン・ポー(一八〇九―四九)の「モルグ街の殺人」である。当時フィラデルフィアの『グレアム』誌の編集長だったポーは、一八四一年に、この短編小説を同誌に発表した。舞台はフランスで、作品に登場する探偵オーギュスト・デュパンは、この段階ではまだアマチュアであった。

翌年一八四二年には「マリー・ロジェの謎」を、一八四五年には「盗まれた手紙」を発表し、ポーはデュパンを再登場させる。ここでは、モルグ街事件の解決

エドガー・アラン・ポー
(1848年撮影)

で功績をあげたデュパンは、私立探偵としてパリ警察から協力を求められるという設定になっている。

そのほか、ポーは一八四三年に「黄金虫」、一八四四年に「おまえが犯人だ」という探偵の登場しない謎解きものの短編を発表した。これら二編を含め、ポーが五年間にわたり毎年一作ずつ連続して発表した以上の五作品によって、探偵小説の原型はほぼ確立したとされている。

では、ポーの探偵小説は、類似した題材を扱ったそれまでの小説にはなかった、どのような新しい特質を具えていたのだろうか。それは、主として犯罪に関する不可思議な謎が提示され、論理的な解明を経て、意外な結末に至るという内容であり、これが以後、探偵小説の定型となったのである。登場人物としては、探偵と被害者、容疑者、真犯人の四項目を含むことが基本であるが、その変形もありうる。

ポーの短編小説はすべて、語り手「私」が物語るという一人称形式をとっているが、ことにデュパンが登場する作品で、ポーが探偵の友人を語り手に設定したことは、のちにシャーロック・ホームズものに登場する語り手ワトソンの原型となる見事な考案であったと言えるだろう。また、「モルグ街の殺人」における密室殺人、「盗まれた手紙」における盲点原理、「黄金虫」における暗号解読をはじめ、のちに繰り返し用いられることになる独創的なトリックを数多く用いたという点でも、探偵小説史上におけるポーの功績は大きい。日本でも、その名をペンネームに借用した江戸川乱歩をはじめ、ポーの影響を受けた作家は多い。

フランスで探偵小説家の元祖とされるのは、エミール・ガボリオ(一八三二?―七三)である。ヴィドックの『回想録』の影響は、先述のとおり世界文学に及んだが、それが最も顕著だったのは、同国人ガボリオの作品においてであった。

新聞小説と探偵ルコック

ガボリオは新聞小説の作家となり、毎回サスペンスに満ちた出来事で終わる同じ長さの続きものを、日刊紙に連載し続けた。

一八六六年に『ル・ペイ』紙に連載され始めた『ルルージュ事件』は、犯罪の解明を主たるテーマとして扱った作品であるという点で、最初の長編探偵小説とされている。主役は犯罪研究を道楽にしている素人探偵タバレで、警視庁の刑事ルコックはわずかしか登場せず、端役に留まる。続いて『プチ・ジュルナル』紙に連載された四つの探偵小説『書類一一三』(一八六七)、『オルシヴァル事件』(一八六八)、『ルコック探偵』(一八六九)、『パリの奴隷』(一八六九)では、ルコックが主役探偵となる。

エミール・ガボリオ

その名前の類似性からもヴィドックを連想させるルコック(Lecoq)は、現場で足跡の石膏を取るなど犯跡を調査して解読したり、変装して犯人を追跡捜査したりするなど、現場中心の行動派の刑事で、デュパンとは異なる新しい探偵像である。現代では、ガボリオの作品はあまり読まれなくなったが、当時の探偵小説界に与えた彼の影響力は大きい。日本で最初に紹介された探偵小説も、ガボリオの『ルルージュ事件』で、黒岩涙香《くろいわるいこう》の翻案により、『人耶鬼《ひとかおに》耶《か》』と題して、一八八八年に新聞連載された。

イギリスの場合——どこまで遡るか

同じころ、イギリスではウィルキー・コリンズ(一八二四—八九)が、『月長石』を一八六八年、週刊雑誌『オール・ザ・イヤー・ラウンド』に連載した。これは、のちにT・S・エリオット(一八八八—一九六五)が「近代イギリスにおける最初で最長、そして最上の探偵小説」(『月長石』序文)と絶賛した作品である。

このように、英国探偵小説家の元祖がコリンズであるとする見方が一般には定着しているが、探偵小説の歴史のなかに、時おり、ヴィクトリア朝を代表する作家チャールズ・ディケンズ(一八一二—七〇)が組み込まれる場合がある。『オール・ザ・イヤー・ラウンド』誌の編集者で、コリンズの親しい友人でもあったディケンズは、『月長石』のカフ巡査部長《サージェント》に先立ち、『荒涼館』(一八五三)のなかでバケット警部《インスペクター》という探偵を登場させているからだ。また、ディケンズの遺作『エドウィン・ドルードの謎』(一八七〇)は、「謎《ミステリー》」を表題に掲げた小説であるばかりでなく、未完であるがゆえに、作家が書かなかった後半の謎解きの部分が文字通り迷宮入りになってしまったために、その存在自体、謎めいた作品として注目されることになったからである。

しかし、理由はそれだけではない。最初に述べた「ミステリー」本来の性質に立ち返ってみるならば、文学の本流と探偵小説とのつなぎの部分について考えてゆくうえで、ディケンズは抜きにして考えることのできない重要な作家なのである。イギリスの探偵小説の源流を探るなら、ディケンズにまで遡らなければならない。ディケンズとコリンズの二人については、犯罪との関連のなかでいかに人間性が掘り下げられているかという点を中心に、本論の第1章、第2章で詳しく扱う。

3　人間をいかに描くか

さて、話をもとに戻すことにしよう。探偵小説とは人間を描くものであり、とりわけ人間性の暗部を描き出すうえで、特殊な方法論を有するジャンルであるというのが、私たちの出発点であった。

探偵小説と国民性

以上、探偵小説の歴史に先鞭をつけた米仏英三国について、その源流を確認したが、これらを比較してみると、その後の探偵小説の流れが、すでに源流の時点でかなり特徴的に表れているように思える。次に、人間の描き方という観点から、それぞれの特色を簡略に述べておく。まず、アメリカから見てゆこう。

デュパン＝ポーの純粋分析

ポーの探偵小説の特色は、人間をまったく非感傷的に扱っているということである。探偵デュパンの推理は、人間観察を持ち込まず、純粋に数学的・論理的に分析するという方法にもとづく。デュパンは語り手とともに、読書や瞑想にふけりながら、世間から離れてひっそりと暮らしている。「モルグ街の殺人」では、デュパンは新聞記事で事件に興味を持ち、一度殺人現場を捜査しただけで、謎を解明する。犯人の発した言葉が何語であるかという点における証言者たちの意見の食い違い、犯行に見られる超人的な行動力と動機の不在などから、デュパンは犯人が人間ではないという結論を導き出す。

現実に起こった若い女性の殺人事件をもとに創作された「マリー・ロジェの謎」では、デュパンは警視総監から聞いた話と、語り手が収集してきた事件に関する新聞記事と警視庁の報告書のみを手掛りとして、肘掛け椅子に座ったまま謎を解き明かす。ここでデュパンが用いたのは、犯行が不可能な人物を順に排除してゆき、最後に残ったただひとり可能性のある人物を割り出すという方法である。「盗まれた手紙」でもデュパンは、手紙の盗難事件について相談にやって来た警視総監の話を聞いただけで謎を解く。彼は警察の捜査原理の網目から抜け落ちた盲点を推論したうえで、犯人の家を訪れて手紙の隠し場所を発見するのである。

このように、デュパンはあたかも数学の問題を解くように犯罪を解決し、人間自体に対する関心はない。そういう意味では、ポーの最初の探偵小説の犯人がオランウータンであったことは、象徴的であったとも言えるだろう。「マリー・ロジェの謎」でも、犯人は新聞記事のなかで「色黒の男」とほんの一言触れられているだけの人物である。事件のなかに現れる人間は、いわばチェスの駒のような存在にすぎない。作品に描かれているのは、巨大な頭脳の持ち主であるデュパンというひとりの人間であり、人間の頭脳はいかなる分析をなしうるかということが、小説形式によって示されているのである。デュパンはフランス人であるという設定になっているが、彼のモデルはヴィドックではありえない。ゲルタイスが言うように、デュパンのモデルはむしろポー自身であると言えよう(『探偵』)。

「黄金虫」は、語り手の友人レグランドが隠された財宝を発見するという話である。レグランドは、災厄に会ったのち人間嫌いとなって島に住みつき、昆虫採集にのめりこんでいる躁鬱気味の男という設定になっているが、作品の眼目は、そうした彼の人間性を描くことではなく、あくまでも暗号解読にある。

例外的に人間性がよく描かれているのは、「おまえが犯人だ」である。シャトルワーズィを殺害した真犯人グッドフェロウは、その名のとおり善人ぶりを発揮しつつ、被害者の甥ペニフェザーを容疑者に仕立て上げる。真相を知っている語り手は、何も知らないかのように装いつつ、グッドフェロウの偽善者ぶりや、罪を犯した人間がそれを他人に擦《なす》りつけようとするさいにとる行動様式がいかなるものであるかを、皮肉たっぷりに描き出す。しかし、結末のグロテスクさはいかにもポー風で、怪奇小説への傾きを示している。

その後、イギリスのコナン・ドイルが、ホームズ・シリーズによって探偵小説を完成させたあとは、それに対抗しうる作家は、アメリカにはしばらく登場しなかった。最高峰と言えるのは、ヴァン・ダイン、エラリー・クイーン(フレデリック・ダネー〔一九〇五―八二〕とマンフレッド・B・リー〔一九〇五―七一〕の共同筆名)、それに英米両国で活躍したディクスン・カー(一九〇六―七七)あたりだろう。彼らは英米の伝統を引き継ぎつつ、高度なトリックを用いた技巧的な作品を数多く発表している。ことに、クイーンの作品に登場する元シェイクスピア俳優ドルリー・レーンのような探偵の造形には、イギリスの影響――後で説明することになるイギリス的な「人間性の探究」という要素が、探偵の発言に時おり現れることなど――が見られる。

アメリカの探偵たち
――反感傷主義へ

最もアメリカ的な特色を探偵小説にもたらしたのは、ダッシェル・ハメット(一八九四―一九六一)であると言えよう。ハメットは、自らピンカートン私立探偵社の調査員であったという経験をもとにして、ハードボイルド派の反感傷的な簡潔な文体で、非情な探偵とすさんだ社会風土をリアリスティックに描写した。彼は人間をもっぱら行動の側面から描いたのである。

ハメットの探偵小説は、レイモンド・チャンドラー(一八八八―一九五九)やロス・マクドナルド(一九一五―八三)のような名立たる後継者をはじめ、無数の模倣者を生み出し、映画界にも大きな影響を与えることになった。フランスのミステリー作家ボワロー＝ナルスジャック(ピエール・ボワロとトマス・ナルスジャックの共同筆名)が指摘するように、推理とは本来、論理的なものであって視覚的ではないゆえに、映像性を拒む性質を含んでいるが、ハメットは犯罪捜査を波乱に富んだ行動へ、そして戦闘へと変えることによって推理小説をシナリオ化し、「両者(推理小説と映画)を決定的に統一する強い親和力」を創造したのである(『推理小説論』)。

フランス探偵小説の伝統――メロドラマ的傾向

フランスに目を転じると、ガボリオの探偵小説の特色は、ポーとは対照的に、人間をきわめて主情的に扱っていることがわかる。そのために、作品では探偵による謎解きだけではなく――時としてはそれ以上に――犯罪事件へと至るまでの経緯やそれを取り巻く人間ドラマを描くことに、膨大な紙数が割かれる。

たとえば、ガボリオの最高傑作とされる『ルコック探偵』を例に挙げると、ルコックが登場するのは、第一巻と結末部分だけで、全体のほぼ三分の二を占める第二巻は、過去の物語である。ある居酒屋で三人の男が殺され犯人が現行犯で逮捕されるという事件が冒頭で起こるが、ルコックが捜査を始め、旅芸人と名乗る犯人が実はセルムーズ公爵であると推理するに至って、探偵は舞台裏へ姿を消してしまう。

第二巻では、ナポレオン政権が倒れブルボン王朝が復帰した直後の時代に遡り、旧貴族の暴虐とナポレオン残党の反乱、軍法会議と処刑の執行、そして次世代に引き継がれる復讐劇へと至る壮大な歴史絵巻が繰り広げられる。そのなかには、恋愛ロマンス・陰謀・裏切り・復讐・脱出・逃亡・毒殺など、人間の愛憎によって引き起こされるありとあらゆるメロドラマティックな出来事が織り込まれる。探偵小説史研究家へイクラフトは、この部分を、犯人がわかったあとに付け足された「どたばた騒ぎ、誇張、安っぽい扇情主義、退屈で無関係な脱線」と見なし、現代の読者が読むには耐えないものだと言う(『娯楽としての殺人』)。

しかし、この中間部を構想するにあたり、作者には周到な計算があったはずだ。冒頭では「一八××年」というように年代が伏せられているのに対して、第二部は「一八一五年」という絶対年代から始まり、歴史性を帯びた年代記となる。したがって、時がどれだけ遡ったのかが不明であるため、読者は年代記がいつ冒頭の事件へとつながるのかわからぬまま宙吊り状態に置かれ続ける。セルムーズが物語の前面に現れ始めるにつれ、過去が現在に合流するときが接近していることが予感され緊迫感が高まる。つまり、「時」そのものを謎に付すことによってサスペンス効果を生み出す方法を、ガボリオは用いているのである。

犯罪の動機や事件に至るまでの経緯、それに絡む因縁を解きほぐすことに重点を置いたガボリオの作品は、最初のフォースターの表現を借りるならば、「なぜ?」を最大限に拡大し、「ミステリー」という「時間のポケット」に人間のドラマを溢れんばかりに詰め込んだ探偵小説であると言えるだろう。

類似したメロドラマ的傾向は、怪盗紳士を主人公にしたモーリス・ルブラン(一八六四―一九四一)の「アルセーヌ・ルパン」シリーズにも、また、『黄色い部屋の謎』(一九〇七)をはじめ傑出したトリックで知られるガストン・ルルー(一八六八―一九二七)の一連の作品にも見られる。

フランスは、探偵小説がいち早く栄えたヨーロッパ大陸唯一の国であるが、その主導権はまもなくアングロサクソン系に独占されることとなる。英米の影響下にあって、その巨匠たちに太刀打ちできるほどの地位を占めているのは、「メグレ警視」シリーズを書いたベルギー出身のフランス語作家ジョルジュ・シムノン(一九〇三―八九)くらいであろう。しかしシムノンも、謎解きだけではなく雰囲気や人間模様の描写を重視する傾向がある点では、フランス的な伝統を受けついだ作家と言えるだろう。

英国ミステリーの底流――人間性の探究

本論で取り上げるディケンズ、ウィルキー・コリンズ、コナン・ドイル、チェスタトン、アガサ・クリスティーなど、探偵小説の確固たる土台を築いた古典的作家たちに続いて、イギリスでは数多くの傑出した作家たちが誕生した。その歴史を概括して英国的特質を抽出することは、ここでは控えることにしたい。ただ、あえて結論を先に言うとするならば、それは、人間性に関する探究がその底流をなしているということである。

ボワロー＝ナルスジャックは、「推理小説のテクストは高音部と低音部の二重の音階を含んでいる。たいていの人は一つの音階しか読んでいない」と述べる（『推理小説論』）。ここで言う「高音部」とは、明示された外的内容であり、他方、「低音部」とは、暗示された潜在的な内容、つまり、テクストの彼方にある「表現されない何か」を指す。この「低音部」の解釈は難しいが――ボワロー＝ナルスジャックにとっては、それは「恐怖」というキーワードで名づけられるようなものであったらしい――何にせよ筆者にとっては、イギリスの伝統的な探偵小説からは低音部の音階が聞こえてくるような気がする。事件の筋や謎解き、トリックといったテクストの表層を「高音部」とするならば、その「低音部」とは、人間性の探究と呼ぶべきものであるように思える。

探偵小説の盛衰

その他、探偵小説を輸入した東西の諸国においても、それぞれ特色ある発展が展開されている。しかし、ここでは議論を拡大せず、以下、イギリス一国に、なかでも古典的な作家たちの作品に考察を絞ることにしたい。

ただ、付言するとすれば、探偵小説の盛衰には、各国の国民性や政治・社会情勢、その他諸々の要素に根差す理由が存在するらしいということだ。これは、興味を喚起するテーマである。国民性に関して、ボワロー＝ナルスジャックは、次のような大胆な発言をしている。

ある国民にとっては、謎はそのままでよいのであり、その秘密は手を触れぬままにしておかねばならないもののようだ。別の国民にとっては、ことにラテン民族にとっては、神秘などというものは魅力がないのだ。事実、推理小説が発達したのは濃霧と陽光の合間においてであり、夜と昼のたたかい、いわば明・暗こそがその特質なのである。

探偵小説は、民主主義国家にしか生まれないということも、ヘイクラフトをはじめ多くの批評家によって指摘されている（『娯楽としての殺人』）。独裁政権の支配下にある国家や政治統制の強い国々では、探偵小説は根づかない。第二次世界大戦中、イタリアでイギリスの人気ミステリー作家アガサ・クリスティーとエドガー・ウォーレス（一八七五―一九三二）の作品が発禁処分になったとか、ドイツですべての輸入探偵小説を駆逐する命令が下ったとかいった事実は、たんに敵国の文化を排除するという目的だけでは説明がつかない何かを含んでいるようだ。それは、探偵小説が本来、正義とフェア・プレーを前提として読者の論理的思考を鍛錬する文学であることに起因する。正邪の区別が不確実となり、国家自体が巨大な犯罪組織と化しかねない戦時中にあって、探偵小説が持つそのような性質は、特定の敵国の文化を超えた危険な因子をはらんでいることを、当局側は自ずと察知するのだろう。

また、現実の世界で死に直面している人々は、概して、殺人を題材とした虚構世界で知的欲求を満たそうなどとはしないだろうことは、容易に推測できる。したがって探偵小説は、平和時でなければ栄えないジャンルであると言っても、あながち極論ではないだろう。

きわめて不穏な内容からなる探偵小説が、そこそこの平穏と自由が保たれた条件のもとでこそ読まれるということは、一見当然のようであり、かつまたミステリアスな逆説でもある。

＊

もうひとつ、付け加えておかなければならない。ミステリーについて解説するさいには、これから作品を読む読者の楽しみを残しておくために、謎の答えを明かさないというのが、常道である。しかし本書では、テーマの性質上、議論の都合でこの常道を踏み外さざるをえない場合がしばしば生じてくる。読み捨てにされるべきゲームならば、いったん種明かししてしまえば元も子もないが、人間性を探究するミステリーならば、再読の価値がある。いや、読み返すたびに新たな発見がある。以下に挙げた探偵小説は、すべてそうした古典的作品であることを、お断りしておく。

第1章

心の闇を探る

――チャールズ・ディケンズ――

チャールズ・ディケンズ(1859年撮影)

1 「ミステリー」としてのディケンズ文学 『バーナビー・ラッジ』

ディケンズは、イギリスで小説が黄金期を迎えた一九世紀ヴィクトリア朝時代の代表的な小説家のひとりである。彼は今日、その豊かな文学性ゆえに高く評価されているが、当時においても一般大衆に絶大な人気を博した作家だった。生き生きとした人物造形や強烈なイメージを喚起する描写、情緒とユーモアたっぷりの律動的文体、筋立ての面白さ、劇的な場面など、ディケンズの小説には大衆を引きつける要素が満ち溢れている。

ディケンズ文学の「ミステリー」性

そしてもうひとつ、彼の文学の「ミステリー」性という特色にここで注目したい。ディケンズの作品には、至るところに謎が仕掛けられている。『オリヴァー・ツゥイスト』(一八三八)の主人公オリヴァーや、後でも取り上げる『荒涼館』(一八五三)の女主人公エスタは、自分の親を知らない。彼らの出生の秘密は、いかに明かされるか? 『マーティン・チャズルウィット』(一八四四)では、ジョーナス・チャズルウィットが生命保険会社を設立したペテン師モンタギューに恐喝され、やがてこの男を殺害する。ジョーナスがモンタギューに握られていた秘密とは何か？『ハード・タイムズ』(一八五四)では、資産家バウンダビーの銀行で盗難事件が起きる。真相は明かされ、容疑者スティーヴンの冤罪は晴らされるのだろうか？『リトル・ドリット』(一八五七)で、厳格な両親に育てられ、父の死後中国から帰国したアーサー・クレナムは、自分の家庭には何か罪深い秘密が隠されているのではないかと、直感する。アーサーの問いを頑なに拒絶する母クレナム夫人は、いかなる秘密を暴露することになるのか？『二都物語』(一八五九)は、バスティーユ監獄に一八年間幽閉されていたドクトル・マネットが出獄してきたところから物語が始まるが、彼は記憶を喪失していて、時おり錯乱状態に戻る。マネットが幽閉された理由とは何だったのか？『大いなる遺産』(一八六一)の鍛冶屋の徒弟ピップは、ある日、謎の人物から莫大な遺産譲渡の見込みを告げられ、紳士となる。その謎の人物とはいったい誰か？『互いの友』(一八六五)では、冒頭でテムズ川から溺死体が発見され、遺産を相続するために帰国途上にあったジョン・ハーマンの他殺体であると判定される。遺体を確認しに来た謎の人物ハンドフォードは何者で、謎の真相はいかに解明されるのか？……等々、謎の例は枚挙にいとまがない。そして、いずれの作品も何らかの形で犯罪が絡んでいる。

ディケンズ文学の重要なテーマのひとつは、人間性の暗黒面の探究である。それゆえディケンズは、人間の心の秘密や謎に分け入り、その最も暗い局面に関わる犯罪を、作品の題材として繰り返し取り上げたのであろう。したがって、彼の文学の「ミステリー」性が探偵小説というジャンルへと接近したのは、必然であったと言える。

『バーナビー・ラッジ』の謎を解くポー

当時、ディケンズの作品は、大西洋を渡ってアメリカでも出版され人気を獲得していた。そのなかで、ポーをことに刺激した作品が、『バーナビー・ラッジ』である。これは、一七八〇年にロンドンで、反カトリックを唱える暴徒たちが引き起こした「ゴードン暴動」を扱った歴史小説である。週刊雑誌での連載が始まったのは一八四一年二月で、ポーが「モルグ街の殺人」を発表する二カ月前のことだった。

作品冒頭は、ゴードン暴動発生五年前の一七七五年。ロンドンのはずれの居酒屋に、ひとりの見知らぬ男が現れ、常連客ソロモンから、二二年前のちょうどその日、近くのウォレン屋敷の主人ルーベン・ヘアデイルが殺され、いまだ犯人が見つからないという話を聞く。

教会書記ソロモンの回想によれば、ヘアデイルは、ロンドンの屋敷から突然、幼い娘と二人の女中、そして執事と庭師とを連れてウォレン屋敷に帰って来た。その夜、ソロモンは夜中に弔いの鐘を鳴らそうとした瞬間、別の鐘の音を聞く。そして翌朝、ヘアデイルが自室で殺されているのが発見されたのだった。遺体の手には非常用の鐘の紐が握られていたが——被害者が死ぬ直前にこの紐を引いて鳴らそうとしたのが、前夜ソロモンが聞いた鐘の音であろう——紐は断ち切られ、多額の金が入った現金箱が盗まれていた。執事と庭師は姿を消し、ともに容疑者として捜査されるが、とうとう現れなかった。その数カ月後、屋敷内の池の底から、執事ラッジの死体が発見される。腐敗した遺体がかろうじてラッジのものであるとわかったのは、身につけていた服と時計と指輪が彼のものだったからで、胸にはナイフの傷跡があった。ラッジの部屋には血の跡があり、どうやら自室で読書をしていたところ、主人が殺される前に殺されたものと推測され、犯人は庭師であるということになったが、その後消息がわからない。

ディケンズは、この謎の秘密をずっとあとまで隠しておいたのだが、連載が開始された同年五月――全八二章中、まだ二〇章くらいまでしか進んでいない段階である――ポーは『サタデー・イーヴニング・ポスト』にエッセイを発表し、この殺人事件の謎を解いた。ポーは、「執事の死体が見つかった」ということが、作者(語り手)自身ではなく、登場人物ソロモンの口を通して述べられていることに着目する。犯人は執事ラッジで、彼が庭師を殺し、そのあと主人を殺したのだと、ポーは推理する。ラッジは、惨劇を知った妻に口止めし、庭師の部屋に行って服を取り換え、死体に自分の時計と指輪を身につけさせて、あとになって顔が判明できなくなったころに発見されるような場所に、死体を隠す。彼と同名の息子バーナビー・ラッジが生まれながらの「精神遅滞児」であるのは、妊娠中だったラッジ夫人が、夫の犯罪を知って衝撃を受けた結果であると、ポーは見る。冒頭で居酒屋に現れ殺人事件の話に熱心に耳を傾けているのは、犯人ラッジにほかならない。長い年月を経て、彼は帰還し、妻の前に姿を現したのだ。

ポーを触発した替え玉トリック

以上のポーの推理は、ほぼ的中した。ディケンズは、不審な男(ラッジ)に会ったときのラッジ夫人の異常な反応から、この男が彼女とただならぬ関係であることをほのめかしたり、ソロモンが教会墓地でラッジの幽霊を見かけるという挿話を織り込んだりするなど伏線を敷いているが、事件の真相が明かされるのは、作品の終盤に近づいてからである。ラッジが生存していることを突き止めたジオフリー・ヘアディルは、兄ルーベンを殺害した真犯人として彼を捕らえる。第六二章で、獄中のラッジは事件の一部始終を告白する。その内容のなかでポーの推理と異なる点は、ラッジが主人を殺したあと、それを目撃していた庭師を殺したことと、庭師の死体を池に捨てたあとで、家に戻り妻に真相を話したという順序の違いくらいである。

しかし私たちは、ポーの推理の見事さよりも、むしろ、彼がディケンズに触発されたという事実に着目したい。ポーは『バーナビー・ラッジ』の完結後にも、ふたたび長い評論を書いて『グレアム』誌に発表し、この作品に対して異様なまでのこだわりを示している。顔の見分けられない死体を使って、被害者を犯人の替え玉にするというトリック——これは、以後探偵小説においてしばしば用いられることになる、いわゆる「被害者即犯人トリック」の原型と言える——そして、真相をずっとあとまで隠しておくというやり方のなかに、ポーは、ミステリー作家としてのディケンズの卓抜な才能を認めざるをえなかったのだろう。先を越されて焦った、と言ったほうが正確かもしれない。ポーがこのあと本格的なミステリーを次々発表したのは、ディケンズに対する挑戦だったという見方もできる。

実際、ディケンズのアメリカ訪問中の一八四二年、二人の作家は初めて対面する。ポーのほうから自作『グロテスク・アラベスク物語集』(一八四〇)を献呈し、フィラデルフィアのホテルに滞在していた大作家を訪ねたのだった。ディケンズのほうは、せいぜい、帰国後ポーのためにイギリスで出版社を捜すといった好意を示す程度に留まる。アメリカでの体験を綴った『アメリカ紀行』(一八四二)のなかにも、ポーに関する言及はない。ポーにとってディケンズはライヴァルだったのかもしれないが、ディケンズにとってはそうではなかったらしい。

犯罪心理の探究

『バーナビー・ラッジ』のメインプロットは、息子のバーナビーがゴードン暴動に巻き込まれるという物語で、殺人事件の謎を解く探偵も登場しないため、探偵小説であるとは言えない。しかしこの作品のなかで、犯罪事件はたんなるサブプロットに留まらず、殺人者の妻や胎児の心身に影響を及ぼし、その後の出来事の展開を決定づけている点で、物語全体と密接に関わっている。とりわけ、「精神遅滞」という闇のなかに生きる主人公の造形は、親の因果という宿命と切り離すことはできない。

また、ディケンズは、この作品で犯罪者の心理をえぐり出す。監獄に訪ねて来た悪党仲間に向かってラッジは、二八年前に、主人を殺したあと、ドアの間から目撃していた庭師を、壁の

面会者(左)に過去を告白するラッジ(H. K. ブラウン画)

隅のほうへ追いつめてナイフで刺し殺したこと、死ぬ直前に血まみれの片手を上げてラッジの顔をじっと見つめて立っていた男の姿が、それ以来どこへ行っても見えたということを告白する。このように、殺人者自身も自らの犯した行為によって、いかに拭いがたい心的外傷《トラウマ》を負うかということが、ラッジの言葉をとおして示されるのである。

では、なぜ捕まえられる危険を冒してまで殺人現場に戻って来たのかと尋ねられたとき、ラッジは「運命」すなわち「自分自身の意志を超えた何か強い力」に引きずられて、帰って来ざるをえなかった、寝ても覚めてもいつもの場所へと、監獄の入り口に立って手招きしているあの男のほうへと、吸い寄せられて行ったのだと言う。その一方で、彼は自分が二二年間死んだと思われ、誰にも知られていないと高を括っていたのだ。

時効などというものがなくとも、人は二十数年もたてば、ある種の油断と不安と強迫観念の混ざった衝動に駆られて、罪の現場に立ち戻ってみようという気になるものなのか。このようなラッジの不可思議な心理や行動は、「良心の呵責」などという言葉では簡単に説明がつかない。というのもディケンズは、ラッジをあくまでも救いようのない人間として描いているからだ。ラッジには家族への愛情のかけらもなく、獄中に訪れた妻がいかに悔悛を請うても、ただ頑なになるばかりで、最後まで妻子への呪いの言葉を浴びせながら絞首台で果てる。

ディケンズは冷徹な態度で、犯罪者の心理を克明に追うことにより、人間の心がいかに深い闇に閉ざされうるかということを提示する。彼はのちに、保険金目当ての毒殺事件を扱ったミステリー仕立ての短編「追いつめられて」(一八五九)のなかでも、犯罪者の心の有様について分析している。長年、生命保険会社に勤めて人間の悲喜劇を見てきたという語り手の口をとおして、作者は言う——「利己的な犯罪者は、犯行のいかなる段階に及んでも、つねに自らに忠実で、真の性格にたがわぬ行動をとるものだ」。そして、「良心の痛みを覚えながら罪を犯したとか、傷めるだけの良心があったというならば、もともと犯罪など犯さなかったのではないか」と。このような見方の是非については、現代でも容易に答えは出ない。しかし少なくとも、文学作品のなかで犯罪者の内面に切り込んでいったという点で、ディケンズが新機軸を打ち出したことは確かである。

巧みなトリックやプロットの仕掛けを用いると同時に、人間存在の深層を探ること。それが、ディケンズが英国ミステリーに導入した要素であり、ポーが作り出した探偵小説の流れとは別の、もうひとつの源流を形成する特色ではなかったか。

2　探偵の登場　『荒涼館』

ミステリーの構造

ディケンズの作品に職業探偵が最初に登場するのは、『マーティン・チャズルウィット』においてである。生命保険会社の調査員ナジェットは、雇い主モンタギューに命じられてジョーナスの身辺を探り、ジョーナスが父親の毒殺を企てたことを洗い出し、結果的には、モンタギュー自身が殺害される事件を発見することになる。しかし、ナジェットは、秘密に包まれた影の薄い人物として描かれ、被疑者を監視するスパイの役割に留まり、「推理する探偵」としての本領を発揮するには至らない。

本格的な探偵の登場は、一八五三年に出版された『荒涼館』まで待たねばならない。警察に所属する探偵バケットがこの作品に現れるのは、イギリスの最初の探偵小説と言われるコリンズの『月長石』が発表されるよりも、一五年も前のことである。にもかかわらず『荒涼館』が探偵小説として扱われないのは、作品で起きる弁護士殺人事件の謎の解明が、物語のサブプロットにすぎないということが、理由のひとつである。実際、バケット警部が登場する箇所は、分量的には、作品全体のなかで五分の一程度しか占めていない。たとえばヴァン・ダインの「探偵小説のための二〇則」第一六条にある「探偵小説には、長々とした描写や、脇道にそれた問題についての文学的な戯れ、精緻な性格分析、〈雰囲気〉にはまりこむことなどは、あってはならない」という規定に照らしてみるならば、謎解きゲームから逸れた文学的要素があまりにも濃厚な『荒涼館』は、探偵小説から除外されることになるわけだ。

しかし分類が何であれ、イギリスにおける探偵小説黎明期に、どのような探偵がいかなる謎解きをしているのかということは、じゅうぶん注意を払っておく必要がある。そのうえ『荒涼館』には、殺人事件以外にもいくつかの謎が含まれ、全編が「ミステリー」で覆われているという特徴がある。そこで、まず作品の構造から見ておこう。

この小説では、二人の語り手が交互に物語るという形式がとられている。冒頭では、至るところ霧と泥だらけのロンドンの情景や、その中心にある裁判所で、訴訟が長年にわたって難航しているさまなどが語られる。霧と泥が象徴する法の世界の沈滞や汚辱、そして上流から下層に至るさまざまな階級を描き出す広やかな視野を持つこの語り手は、文学批評上、「全知の語り手」と呼ばれる(この場合、三人称形式の語りと言う)。引き続いて、「私」と名乗る語り手エスタが現れ、物語は彼女の回想録へと入れ替わる(この場合は、一人称形式の語り。以下、語りの種類や様式については、拙著『批評理論入門』を参照されたい)。

謎の連結

こうして、二種類の語りが並行して進行してゆくが、それぞれの語りには発端から謎が含まれている。まず、上流社会の頂点に立つ准男爵夫人レディー・デドロックには、何か過去に秘密があるらしいことが暗示される。彼女は、デドロック家専属の弁護士タルキングホーンが、訴訟の報告をしているとき、書類の筆跡に目を留めて衝撃を受け、異様な反応を示す。字に見覚えがあるということは、その筆跡の主とかなり親しいということだ。これに抜け目なく目をつけたタルキングホーンは、その書類代筆者を捜し当てるが、訪ねてみると、その男はすでに病死していた。ネモと呼ばれるこの人物は元軍人で、本名がホードンであるとわかる。人の弱点を握ることにかけて容赦のないタルキングホーンは、あらゆる手を尽くし、警察の捜査係バケット警部まで駆り出して、ホードンの正体とレディー・デドロックとの関係を探ろうとする。

一方エスタは、生まれながらに自分が何者であるのか、親が誰であるのかがわからないという謎を抱えている。回想のなかでエスタは、養母をはじめとする周囲の人々の謎めいた言動をたぐりつつ、自分が非嫡出子であるらしいという答えを導き出す。エスタの後見を委託された法律事務所の事務員ガッピーは、彼女に想いを寄せる。求婚を断られつつも、ガッピーはエスタの歓心を買いたい一心から、彼女の出生の秘密を調査する。

こうして物語は、レディー・デドロックの過去、ホードンの正体、エスタの出生の秘密という三つの謎が絡まり合いながら展開してゆく。職業探偵バケットのほか、タルキングホーンとガッピーという法律を職とする有能な疑似探偵、そして、おとなしい素人探偵エスタなどによって、謎は解明される。結局、結婚前のレディー・デドロックと恋人ホードンとの間に生まれた子供がエスタであったことが判明し、三つの謎はみなつながっていたことがわかる。そして、その解明の直後に殺人事件が起こるというように、謎はすべて連結しているのである。

弁護士殺人事件

では、ミステリーの中核となる殺人事件について見てみよう。被害者が弁護士であることは、注目に値する。法律関係者は、職業柄、他人の弱みを握ることが多いため、時として人の恨みを買う。ことにタルキングホーンは、そうした弱みにつけこむ悪名高い弁護士で、ついには殺意の対象となるべき人物として造形されているのである。

レディー・デドロックの過去の秘密を突き止めたタルキングホーンは、夫サー・レスタ・デドロックにすべてを暴露すると言って、彼女をおびやかす。思いつめたレディー・デドロックは、タルキングホーンが帰ったあと、ひとりで夜道を出かけて行く。その三〇分後に銃声が鳴り響き、翌朝、タルキングホーンが自室で心臓を撃ち抜かれて死んでいるのが発見される。

これが、全知の語り手によって述べられる事件の流れである。語り手は真相を隠しているので、読者には、いかにもレディー・デドロックが怪しいように読める。ヴィクトリア朝時代では、未婚の女性が子供を産むことは、社会的には破滅に等しかった。タルキングホーンは、レディー・デドロックを破滅の瀬戸際まで追いつめたわけだから、彼がいなくなっていちばん助かるのは、彼女である。したがって、レディー・デドロックこそ、最も強い殺人の動機を持つ人物だということになる。しかも、犯行の起きた前後の彼女の行動には、じゅうぶん怪しい点がある。

しかし、実際に最も不利な立場に立たされた容疑者は、射撃練習場経営者ジョージだった。彼は、犯行の一〇分後にタルキングホーンの家の近辺をうろついているところを、目撃されていた。しかも彼は、以前からタルキングホーンと険悪な仲で、二人が言い争っているところを、たびたび人に見られている。こうしてジョージは、動機と目撃証言という両面で、きわめて不利な立場にあったために、逮捕されてしまうのである。しかし、彼のように善良な人間が殺人犯でありえないことは、読者には察しがつく。それゆえ、ジョージの容疑が次第に固まってゆくにつれ、サスペンスが高まる。

バケット、真犯人を見破る

このあたりから、事件の担当に当たったバケット警部の推理が、本格的に始まる。バケットはすべての証拠を固めたあとで、依頼人サー・レスタの前で一気に真相を明かし、その場で真犯人を逮捕する。これは、のちの探偵小説の常道ともいうべきパターンである。

物語には、レディー・デドロックの侍女オルタンスが、比較的早くから登場している。この気性の激しいフランス人女性は、レディー・デドロックがほかにお気に入りの侍女を雇ったとき、解雇される。オルタンスは職を失ったあと、レディー・デドロックの秘密を探るタルキングホーンの調査に協力し、その返礼を求めるが、彼から冷たくあしらわれたため、怨恨を募らせる。

オルタンスは失業したのち、バケットの家に下宿していた――これは、ディケンズの世界でよくある「偶然の一致」のひとつだが、当時の文学上の慣例として理解されねばならないだろう。バケットがジョージを逮捕したあと帰宅すると、オルタンスがバケットの妻といっしょに食事をしているところだったが、そのときの彼女の不自然な愛想のよさ、タルキングホーンの死を悼む大げさな態度などに、彼は気づく。そして、食卓でナイフを手にしているオルタンスの姿を見た瞬間、彼女が怪しいという第六感のようなものを感じたのだった。

さっそくバケットは、事件当夜のオルタンスの行動を調べ、彼女が殺人事件の前後に芝居見物に行っていたことを知る。彼はこれを、計画的なアリバイ工作だったとにらむ。そして、オルタンスがこのあと大胆な行動に出てくるだろうと予想したバケットは、しばらく自宅を留守にして、その間の様子を妻に探らせる。案の定、オルタンスは、殺人罪をレディー・デドロックに擦りつけた匿名の手紙を方々へ送り始める。有能な女探偵とも言うべきバケット夫人は、その様子を陰から監視し、オルタンスの使ったインクや便箋などの証拠品を集める。そして、破り捨てられた紙の切れ端をつなぎ合わせてみて、それがタルキングホーンを撃ったピストルの弾送りの詰め物とぴったり合うことを発見するのである。

バケット夫人とオルタンスはタルキングホーンの葬式に行った帰り道、馬車で郊外に出かけ、休憩所に立ち寄る。途中でオルタンスがしばらく中座し、息を切らして帰って来たこと、休憩所の近くに池があったことを、バケットは妻から聞く。バケットが、部下に命じてその池をさらわせてみると、中からピストルが出てくる。こうして凶器という物的証拠を得るに及んで、バケットはオルタンス逮捕に踏み切ったのである。

バケットの推理

バケットの実在のモデルは、スコットランド・ヤードのチャールズ・フレデリック・フィールド警部(一八〇五―七四)であるとされる。ディケンズと親しかったフィールドは、ロンドンの暗黒街を案内して見せるなど、ディケンズの作品に豊かな題材を与えるうえで貢献した。しかしモデルは、人物造形のうえではあくまでも材料の一部にすぎず、バケットがディケンズの創造した登場人物であることに変わりはない。

バケットは、人間観察を推理の土台とし、自分の直感を重視する。職務上ジョージを逮捕したが、最初から彼を犯人だとは思っていなかったと、バケットはあとで述べている。また、彼が最初にオルタンスを疑うようになったきっかけも、直感に基づくものだった。これが、ポーの造形したデュパンとの大きな違いのひとつである。デュパンの頭脳は、数学的・論理的に機能するため、直感などという理屈で説明のつかないものは、彼の思考過程には組み込まれないのである。

また、バケットは、問題解決へと導くさい、人間の心理を巧みに読み取ったり操ったりする。たとえば彼は、自分がジョージを犯人だと疑っているというような話を、留守中、妻にさせて、オルタンスを油断させる。凶器の隠し場所を探している犯人なら、遠出をして、そのそばに池があれば、きっとそのチャンスを利用して池に投げ捨てるだろうというような推理も、人間の心理の動きを鋭く捉えている。彼は犯人が自ら馬脚を露すように導き、自分のシナリオ通りに相手を操ることにも、長けているのである。

バケットは、「ずんぐりした体型で、落ち着きはらった顔つき、鋭い目をした、黒い服を着た中年の男」と描かれている。デュパンが、「冷淡で放心したような態度で、目は無表情」

「子供好き」を演じるバケット警部(右端．彼の隣・中央に座っているのは，これから逮捕されるジョージ．H. K. ブラウン画)

という以外、あまり外観が描かれていないのに対して、バケットの風貌に関する描写は、人間味を帯びて生き生きとしている。また、バケットは、今日ここにいたかと思うと、明日には別の場所に姿を現すといったように、神出鬼没の行動様式をとる。この点でも彼は、肘掛椅子に座ったまま謎を解いてしまうことすらある頭脳型のデュパンとは、異なったタイプの探偵であると言えよう。

ミステリーに登場する探偵は、圧倒的に独身者が多いが――これは、「探偵小説には愛情に関わる興味を加えてはならない」(ヴァン・ダイン「探偵小説のための二〇則」)という通則と何らかの関連があるのかもしれない――バケットは、その後のミステリー史のなかでも少数派に属する愛妻家タイプの探偵の走りとも言えるだろう。

人間通の探偵

バケットは、事件解決に当たっているとき、太い人差し指を振り回しながら、人々を威嚇したり凄腕ぶりを発揮したりするという癖がある。それに対して、ふだんの彼の様子は次のように描かれている。

ほかのときには、人間性の観察という研究に静かに没頭し、たいがいは温和で考え深く、人間の愚かさを厳しく責め立てたりすることのないバケット警部は、数多くの家々の内情に通じ、無数の街路を歩き回る。外から見たところでは、目的もなくぶらぶらしているようだ。警察の同僚たちに対しては実に愛想がよく、酒のつき合いもよい。金離れがよく、人当たりのよい態度で、たわいなく人と話をする――だが、この穏やかな彼の生活の流れの底には、例の人差し指が潜み、こっそりうごめいている。（第五三章）

このように、バケットの探偵としての資質の土台は、人間性の研究にある。そのためには、多くの人間と直につき合って観察する経験が必要であるため、人との交際に長けていることや巧みな会話術は、彼にとって職業上の武器でもある。作品では、バケットがとっさに話をでっち上げて、相手と共通の話題を見つけて取り入り、ほしい情報を相手の口から引き出すという技が、さまざまな場面で披露される。

このような点でも、純粋な分析の妨げとなる人間関係を排除すべく世間から離れて隠遁生活をしているデュパンとは、まったく対照的なタイプの探偵として、バケット警部が造形されていることがわかる。のちの英国ミステリーの底流となる「人間性の研究」という特性は、こうしてディケンズによって礎を築かれたのである。

犯人像

この作品では、犯人像がどのように描かれているだろうか。オルタンスが最初に登場する場面で、語り手は彼女について、次のように述べている。

レディー・デドロックの侍女は、三二歳のフランス人女性で、南部のどこかアヴィニョンかマルセイユ辺りの出身である。目が大きく、褐色の肌に黒髪で、器量はよいほうだが、猫のようにずるそうな口つきで、顔全体が妙にきつく引き締まっているため、あごが張りすぎて、頭蓋骨が突き出していて、美人とは言えない。彼女の体の解剖学的構造には、なんともいえず鋭利で、かつ病的な弱々しさのようなものがある。彼女には、顔を動かさないまま横目でじっと見るという、よくない癖があり、ことに不機嫌で殺気立っているときに、こういうことが多かった。（第一二章）

ディケンズは『二都物語』でも、マダム・ドファルジュという異常に激しく執念深いフランス人女性を登場させていることから、オルタンスの描写にも、外国人に対する歪められた類型化が見られるとも考えられる。しかし、ここで注目したいのは、オルタンスの形質が、たんに表情や癖、それらからうかがわれる性格をとおしてだけではなく、骨相学的特徴からも描かれていることである。

犯罪者を対象とした科学的研究に最初に取り組んだとされるのは、イタリアの精神科医チェーザレ・ロンブローゾ（一八三六―一九〇九）である。ダーウィンの進化論の信奉者でもあった彼は、一八六九年、処刑された凶悪犯人の解剖に当たっていたとき、その後頭部に三角形のくぼみを発見し、犯罪者にも遺伝的形質や生まれながらの肉体的特徴があるのではないかと思いつく。以後四〇年にわたり、ロンブローゾはこの学説を立証するために、無数の犯罪者を調査し、通常人と比較した。その統計結果から彼は、生まれながらの犯罪者は、ふつうの人間より頭蓋の容積が小さく、下あごの容積が大きくて、後頭部が扁平で、額が後退し、眉毛が飛び出し、眼窩が斜めについている……等々の特徴があるという結論を出した(ゲルタイス『探偵』)。

犯罪者の形質

このように犯罪を遺伝学的観点から捉えたロンブローゾの学説は、環境をはじめとする外的要因に着目する社会学的立場などから批判を浴び、論争を巻き起こすことになった。今日では、犯罪者すべてに共通する外的特徴などはありえないということで、決着がついている。たしかにロンブローソの説が行き過ぎであったことは否めないが、犯罪に関する考察に実証主義的な方法を導入し、犯罪科学への道を切り開いたという点で、彼の功績は大きい。

ここで注目したいのは、ディケンズがロンブローソに先立ち、文学テクストのなかで、犯罪者の「解剖学的構造」(anatomy)ということに言及し、なかんずく頭蓋骨の特徴に触れていることである。犯罪科学の黎明前という時代背景に照らしてみると、ディケンズの犯罪者形質への関心が、いかに先鋭なものであったかがうかがわれるのである。

オルタンスは、レディー・デドロックがお気に入りの侍女とともに馬車で立ち去ったとき、あとに取り残されて、嫉妬と怒りに狂ったように、その場で靴を脱ぎ棄てて、濡れた草の中を歩いて行く。この場面を目撃していた人々の会話を、エスタは次のように伝える。

「しかし、なぜ彼女は、靴もはかずに、ずっと水の中を歩いているのかね?」とおじさま(ジョン・ジャーンディス)は尋ねた。

「まったくですよ! 熱を冷まそうっていうのですかね」と番人は答えた。

「それとも、あれが血溜まりだとでも想像しているんじゃないですか」と番人の妻は言った。「頭に血が上ると、まっ先に血溜まりの中を歩きたがるような人に、私には思えますよ!」

(第一八章)

この挿話には、オルタンスの異常に激しい気質が表れている。それとともに、彼女の犯罪者としての形質が、血のイメージとともに予示されているのである。

ディケンズは、さまざまな伏線を仕掛けながら、犯行が可能な人物や、殺人の動機を持つ言動の怪しい人物を、複数配置しておくという、のちの探偵小説で定着することになるパターンをとっている。それと同時に彼は、犯罪者の形質という人間の未知なる「闇」にも、切り込んだのである。

3　犯罪者の肖像　『エドウィン・ドルードの謎』

未完のミステリー

ディケンズの最後の作品となった『エドウィン・ドルードの謎』は、月刊分冊という形で一二回にわたって刊行される予定だった。しかし、ちょうど物語が半ばにさしかかった第六号まで進んだところで、ディケンズは病に倒れ、意識を回復しないまま翌日息を引き取った。こうして、作者の突然の死により、物語は中絶してしまったのである。

ディケンズは作品の表題をつけるにあたって、さまざまな案のなかから、「――の謎」(*The Mystery of*―)というタイトルを周到に選り抜いたようである。したがって、作者自身がこの作品の中核に謎を据えていることは明らかだ。これまでにも自作品に「ミステリー」的要素を頻繁に仕掛けてきたディケンズは、いよいよ本格的なミステリー作品を書くという新しい挑戦に乗り出したものと思われる。

着想後間もないころディケンズは、のちに彼の伝記作者として知られることになるジョン・フォースター(一八一二―七六)に向かって、自分が「実に新奇なアイデア」を思いついたこと、それは「言ってしまうと面白みがなくなるから、言うわけにはいかないが、強力なアイデアだ」と述べたという。この言からも、エドウィン・ドルードの失踪の謎――あとでも述べるとおり、これはより正確にはエドウィン・ドルード殺害の謎とも言い換えられる――が、意外な顚末を経て物語の終盤で明かされるというようなミステリーを、ディケンズは目論んでいたものと推量できる。まさにその佳境の部分を、作者は墓の中に持ち込んでしまったのである。

物語のあらまし

冒頭部は、阿片窟の混沌とした描写から始まる。昏睡から目覚め、阿片窟から出て来た男は、ジョン・ジャスパーという二六歳の音楽教師で、クロイスタラム大聖堂の聖歌隊長でもある。彼は、五、六歳しか年の離れていない甥エドウィン・ドルードの後見人を務めている。エドウィンは、成人したらエジプトに行き父が遺した会社の経営を引き継いで、亡くなった親同士の約束によりローザ・バッドと結婚することになっている。ジャスパーは、エドウィンを熱愛する叔父として振る舞う一方で、自分の生徒でもある女子寄宿学院生ローザに横恋慕している。

クロイスタラムの町に、ネヴィルとヘレナという双子の孤児ランドレス兄妹が現れ、ヘレナは女子寄宿学院生となり、ネヴィルは聖職者クリスパークルの保護のもとで教育を受けることになる。クリスパークルが開いたパーティーで、ヘレナとローザは親密な学友となるが、エドウィンとネヴィルは仲違いする。そのきっかけは、ローザに心惹かれたネヴィルが、彼女に対するエドウィンのぞんざいな態度に腹を立てたことにあったが、実は、一座のなかにいたジャスパーが、仲裁役を演じるふりをしつつ、密かに二人の争いを焚きつけたのだった。クリスパークルは、二人の若者たちを和解させるために、クリスマスイヴに彼らをジャスパーの家で引き合わせる計画を立てる。

ジャスパーは、地下納骨堂の鍵を管理している墓石職人ダードルズに接近し、ダードルズの仕事場にある生石灰に、人の骨を融かす作用があることを聞き知る。ジャスパーは納骨堂を探検するが、案内役のダードルズが酒に酔って眠っている間に、彼が鍵を手に入れ何らかの行動をしたらしいことが暗示される。

エドウィンは、ローザの後見人である法律家グルージャスから、彼女の母親の形見として婚約指輪を渡される。これを機会にエドウィンとローザは、自分たちの将来について話し合い、結婚せず友人のまま留まることに決める。

エドウィンは、クリスマスイヴの当日、道中で阿片窟の女に阿片代を恵んでやり、その返礼として、「ネッドという名の人物が危ない」という警告を受ける(ネッドとは、ジャスパーがエドウィンを呼ぶときの愛称)。嵐の夜、ネヴィルとエドウィンは和解の会見をしたあと、二人連れ立って川へ嵐を見に出かける。

翌朝、ジャスパーは甥が行方不明だと言って騒ぎ立て、ネヴィルが容疑者として逮捕される。その最中、グルージャスがジャスパーを訪れ、エドウィンとローザの婚約解消について告げると、ジャスパーは衝撃のあまり失神する。捜査が続けられるが、エドウィンは見つからず、彼が身につけていた時計とシャツ・ピンだけが、川の中から発見される。ネヴィルは証拠不十分のため釈放されるが、うわさの迫害から逃れるために、クロイスタラムを去ってロンドンへ行き、グルージャスが住んでいる集合住宅ステイプル・インの一室に移り住む。ジャスパーも彼を追って、同じ建物の一室を借り、時々監視しに来る。

このころ、ダチェリーという軍人風の男がクロイスタラムに現れ、ジャスパーを監視し始める。ジャスパーから求婚されたローザは、彼を恐れてグルージャスの助けを求め、ステイプル・インの向かいのホテルに身を隠す。ヘレナも女学院を出て、ロンドンで兄ネヴィルとともに暮らし始める。ネヴィルの隣人である元海軍大尉ターターの好意によって、ヘレナとローザはターターの部屋で、ジャスパーの目を逃れて会うことがかなうようになる。

ふたたび阿片窟の場面となり、店の女主人がジャスパーの様子を観察し、意識が朦朧とした彼のつぶやく言葉に耳をすませるさまが描かれる。彼女はジャスパーのあとを追い、途中でダチェリーに会う。ダチェリーは、彼女からジャスパーに関する情報を探り出そうとする。阿片窟の女主人が物陰からジャスパーを見て拳を振り上げ憎悪を示している様子を、ダチェリーは目撃する。ここで物語は中絶となった。

以上、あらすじの説明が長くなってしまったが、結末を与えられていない私たちには、どんな細部に重要な手掛りが含まれているのかも判別できず、要約するのは難しい。

証言者は語る

ただ、物語の流れからほぼ確実に推測できることがいくつかある。まず、エドウィンが失踪した原因は、彼が殺されたか、あるいは殺人未遂のあと姿を隠したかで、犯人はジャスパーだということだ。おそらくジャスパーは、ネヴィルと別れて帰って来たエドウィンを殺害し、納骨堂に遺体を運んで石灰の中に隠し、石灰に融けない時計とシャツ・ピンとを外して川に捨てたのだろう。動機のひとつは、ローザへの恋情から、邪魔な婚約者を亡きものにすることであったと考えられる。犯行直後に、グルージャスから二人の婚約がすでに破棄されていたことを知らされて、極端な衝撃を示しているのは、それを暗示していると言える。ダチェリーが、探偵の役割を果たすために登場したことも、ほぼ明らかであろう。

物語の未完の部分については、ディケンズの身近にいた何人かの証言者の発言が手掛りになる。最も詳しい情報源は、ジョン・フォースターの『チャールズ・ディケンズ伝』のなかの記述である。フォースターがディケンズから聞いたという話によれば、これは「叔父による甥殺しの物語」であり、結末の数章で、殺人犯が死刑囚監房で自らの生涯について語ることになる。真犯人は結末でようやく発見されるが、その決め手となるのは、金の指輪(エドウィンは、婚約指輪の入ったケースをグルージャスから受け取り、胸のポケットにしまっていた)で、「これが死体の投げ込まれた石灰の腐食作用を受けなかったために、殺された人物だけではなく、犯罪現場と犯人も突き止められることになる」という。フォースターの口調からすると、当時の読者は、石灰による人体の腐食作用について、疑問を呈することなく受け入れることができたようである。

たしかに筋はとおっている。ただ、解せないのは、このくだりが、先に引用したディケンズの言葉、つまり、「言ってしまうと面白みがなくなるから、言うわけにはいかない……」に続いて、「そのあとすぐ私が聞いたこと」として披露されていることである。ディケンズが急に態度を変えて秘密を打ち明ける気になったかに見えるこの流れには、何か不自然さが感じられる。もしかしたらこの叙述には、フォースターの粉飾が多少は混ざっているかもしれない。しかし、伝記作者としてのフォースターはおおむね信頼すべき人物であるし、ディケンズが長年親交のあった彼に、わざわざ嘘をついたとも考えられない。そこで推論できるのは、ディケンズがフォースターに語ったことは真実にはちがいないが、一部にすぎず、「実に新奇なアイデア」の核心部分については、ディケンズは隠しているということである。

エドウィンは本当に殺されたのか?

挿絵画家たちの証言も、ヒントになる。最初にこの作品の挿絵を担当したチャールズ・コリンズ(ウィルキー・コリンズの弟で、ディケンズの娘婿)は、ディケンズに指示されて描いた表紙絵(六三頁図参照)のなかで、行方不明のエドウィンを捜しているジャスパーの指先が、斜め上に描かれた自分自身のほうを指していると述べている。つまり、のちにも説明するとおり、この絵は犯人がジャスパーであることを暗示している。

チャールズ・コリンズは体調不良で仕事を続けられなくなり、その後任は、挿絵画家ルーク・ファイルズが引き継ぐことになった。ファイルズは、これまで彼が描いていたジャスパーの短いネクタイを、二重巻きのマフラーに変更するようにとディケンズに指示されて、その理由を尋ねる。するとディケンズは、「ジャスパーはそれでエドウィンを絞殺するのだから、二重でなければならない」と答えたと言う。

また、ディケンズの長男チャールズは、エドウィンが本当に殺されたのかと尋ねてみたところ、父ディケンズが驚いたような表情で、「もちろんだ、ほかに考えようがあるか？」と答えたと述べている。

アンドルー・ラングのように、エドウィンが生き延びたという説を唱える向きもなかにはあるが、少なくとも以上のような複数の証言を見るかぎり、エドウィンがジャスパーに殺害されたことは、ほぼ確実であると言えよう。

しかし、謎はまだまだ残っている。ダチェリーは何者か？　彼は並はずれて大きなふさふさした白髪頭で、眉毛が黒く、かつらをかぶっていることがあからさまに暗示されているが、いったい何のために変装しているのか？　阿片窟の女主人は何者か？　彼女はなぜジャスパーを恨んでいるのか？　そして、一枚の絵が、さらに大きな謎をもたらすことになったのである。

表紙絵の謎

月刊分冊の表紙用の原画を描いたのはコリンズで、ファイルズはそれに手を加えてより鮮明な絵にしたが、基本的には両者の絵の内容は変わらない。伝統的に、表紙にはタイトルと作家名、号数、発行年月、価格、出版社などの情報が記され、物語の各場面をほのめかす絵が、中央のタイトルを取り囲むような形で配される様式になっていて、号数と発行年月以外は、シリーズが終わるまで同じ表紙が使用された。したがって、作者の克明な指示に従って描かれたこの表紙絵は、物語の内容を推測するうえで、最も有力な手掛りのひとつとなる。

タイトルを囲んで編まれたバラの枝の左側には、蕾や花が付いているが、右側には棘しかない。上の左端には、花を携えた善と愛のシンボルが、右端には短刀を持った悪と憎悪のシンボルが、幕の中に描かれている。そのすぐ下に、大聖堂を背景にして、左方には腕を組んだ男女エドウィンとローザが歩いていて、右方には聖歌隊の一団がいる。列を離れてじっと女性のほうに視線を投げかけている男がジャスパーで、ローザは嫌そうに顔を背けているが、エドウィンはそれに気づいていない。

左側の二番目の絵は、Lost という文字を見ている女性の姿で、エドウィンを失ったローザ

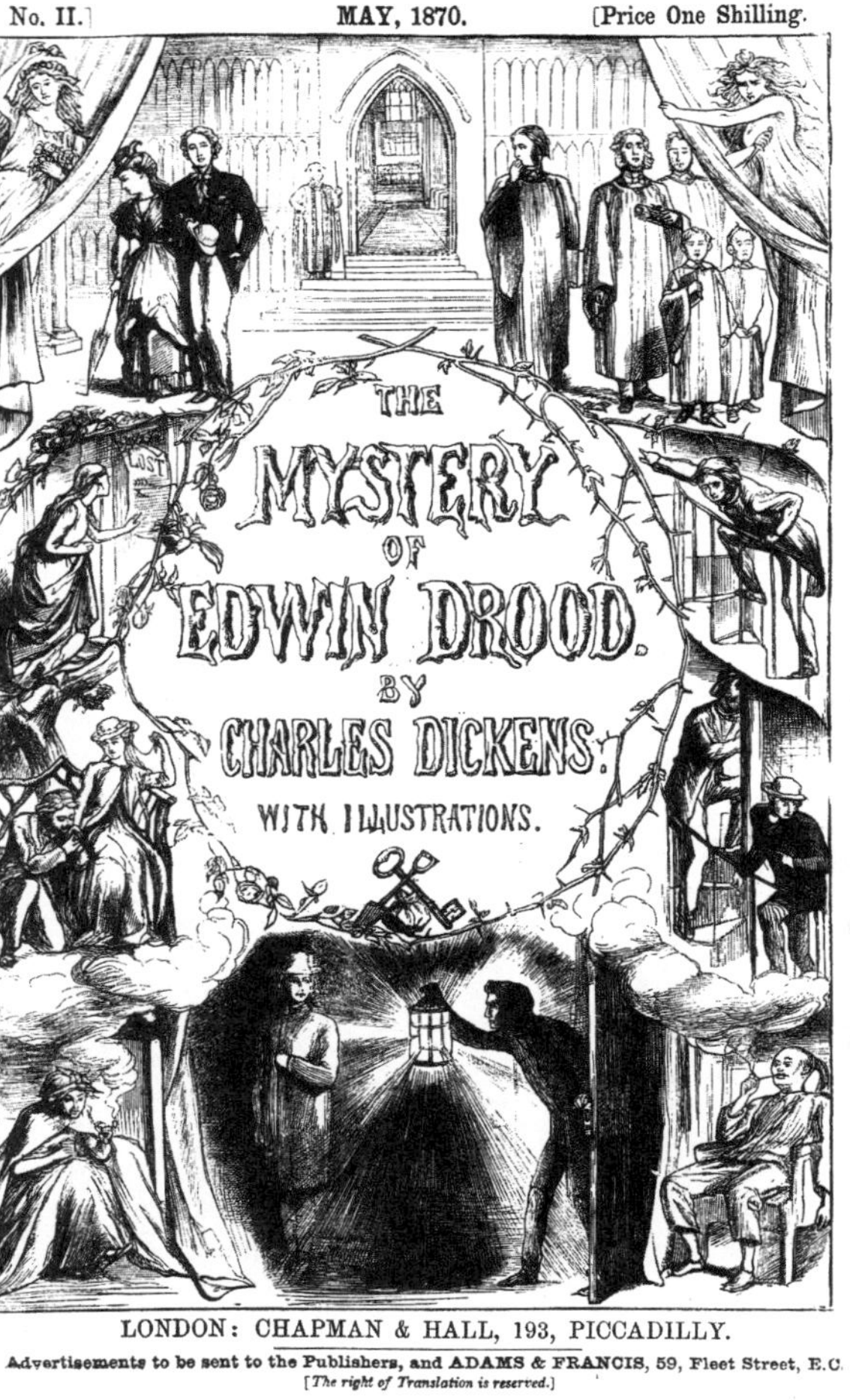

月刊シリーズとして発行された『エドウィン・ドルードの謎』の表紙絵(ルーク・ファイルズ画)

を示しているようだ。その下の絵は、ジャスパーがローザに求婚している場面なのか、あるいは別の求婚者が現れることが予定されていたのか、わからない。タイトルを挟んで右側には、エドウィンを捜しているジャスパーらしき人物(彼の右手は、先述のように、斜め上に描かれた自分自身を指している)、そして螺旋階段を上りながら捜査している二名の人物が描かれている(コリンズの絵では、警官の制服を着た人物が三名描かれていた)。下端の左右には、阿片を吸っている人物が描かれている。左側は女性、右側は中国人男性のようだが、その噴き出す煙が底辺から上方へと広がっていることから、阿片がこの作品で重要な役割を果たしていることが暗示される。

謎の人物は誰か

問題は、最も注意を引きつける下の中央の絵である。これは、作品にはまだ書かれていないが、重要な場面であるらしい。ジャスパーらしき男が扉を開け、カンテラを照らすと、暗闇からひとりの男の姿が現れる。すぐ上にダードルズの鍵とシャベルが描きこまれていること、右上に螺旋階段があることなどからも、この場所は地下納骨堂であるようだ。

このカンテラで照らし出された謎の人物は、いったい誰なのだろうか。この若い男は、上方に描かれているエドウィンとどことなく似ている。そこから、エドウィン生存説も出てくる。死んだはずのエドウィンが実は生きていたと知って、ジャスパーが驚愕するという解釈である。しかし、先にも述べたとおり、作者の身近な人々の証言を見るかぎり、エドウィンが生き延びた可能性はきわめて低い。また、これはジャスパーが見たエドウィンの幻影なのだという説(ジャクソン『エドウィン・ドルードについて』)もあるが、もしそうなら、これは本来ならば目には見えないはずの光景を視覚化して読者を欺く絵だということになる。

帽子をかぶり長いコートを着たこの男の服装は、探偵のような雰囲気を漂わせているようにも見える。ジャスパーは、エドウィンが指輪を所持していたということを知って、身元を示すその証拠の品を取りに行ったのか、それとも呼び出されたのか、何らかの理由で納骨堂を訪れる。それを待ち伏せしているこの男こそ、ジャスパーの罪を暴く人物にちがいない。そのように考えると、彼がダチェリーであると主張する説が有力になってくる。しかし、ダチェリーは老紳士で、頭が大きく、いつも帽子を小脇に抱えているのに対して、表紙絵に描かれているのは若い男で、帽子をかぶっている。

これについては、比較的容易に説明がつく。ダチェリーはかつらをかぶっていることが暗示されているから、誰かが変装している可能性がある。では、いったい誰が変装しているのかという次なる疑問が生じてくる。

エドウィンがダチェリーに変装しているという説が論外であることは、繰り返し述べるまでもないだろう。ダチェリーと同場面に登場している人物も、当然除外されることになる。グルージャスの事務所の書記で演劇好きのバザードがダチェリーに扮していたとするフォーサイトの続編(『エドウィン・ドルード解読』収録)をはじめ諸説あるなかで、かなり説得力があるのは、ヘレナがダチェリーに男装していると主張するカミング・ウォルターズの説である。ヘレナは黒髪(ダチェリーの眉と同じ色)で、声が低いという印象があり、意志強固で勇敢な女性である。ヘレナには、ジャスパーの罪を暴いて、兄ネヴィルの冤罪を晴らし、親友ローザを救いたいという理由がある(ウォルターズ『ディケンズの「エドウィン・ドルードの謎」への手掛り』)。そう言われてみると、表紙絵の人物の顔は、女性に見えなくもない。少なくとも、コリンズが描いた男の口髭は、ファイルズの絵では消え、より中性的な顔に描き変えられている。

しかし、この説に対しても、何かためらいが残る。女性が探偵に扮して仇を討つという話は、ディケンズが「実に新奇なアイデア」と得意がるほどのものであったと言えるだろうか。実際にダチェリーとジャスパーが会話する場面があるが、変装によってジャスパーの鋭い目を、いや、それ以上に精巧な音楽家の耳をあざむきとおすのは、ヘレナにかぎらず彼が知っている人物にとっては、少々無理があるだろう。

ダチェリーの正体は?

ここに落とし穴がある。未知の人物ならば姿を変える必要がないのに、変装しているからには、ダチェリーはすでに登場している人物にちがいないと、考えがちになるからだ。しかし、別の可能性もあるのではないか。ダチェリーはクロイスタラムに住んで、ジャスパーを監視している。それなら、ジャスパーを追跡すれば、彼が時おりロンドンに行き、ステイプル・インに潜んでいることを知るはずだ。では、ロンドンにいるときのジャスパーを、誰がどうやって監視するのか?

ダチェリーの登場とほぼ同じころ、ネヴィルの隣の部屋に住むターターという人物が登場する。筆者は初めて読んだときから、この「隣の男」が怪しいと思った。もしかしたら、ターターとダチェリーは同一人物ではないか?　つまり、ターターは、クロイスタラムに行くと、変装してダチェリーになるのではないだろうか。ターターは、褐色の髪で青い目の三〇歳前くらいの男性で、ダチェリーとは外観がかなり異なる。しかし、ダチェリーは軍人風で、ターターも元海軍大尉であるという類似点がひとつある。ダチェリーの目の色が作品で描かれていないのは、髪や眉毛は変装できても、目の色は変えられないため、作者が意図的に隠しているのかもしれない。そもそも若い男性が、退役後、ロンドンに部屋を借りて、園芸の趣味以外何もせずに暮らしているというのは、少し不自然である。ターターに淡い思いを寄せるローザは、「彼の遠くを見つめているような青い目は、はるか遠くの危険がだんだん近づいて来るのを、たじろぐことなく見守ることに慣れているような目だ」と感じる。これは、船乗りの目であるだけではなく、探偵の目であるとも言えそうだ。

筆者がこのように推定する最大の理由は、ディケンズが本格的なミステリーを書こうとしたのなら、その構想には、きっと職業探偵を登場させるというアイデアが含まれていたように思われるからである。ディケンズはこの作品を書くとき、ウィルキー・コリンズの『月長石』を意識していたとされるが、そこに登場するカフ巡査部長に対抗するような探偵を、考案したのではないだろうか。舞台がロンドンに移ったということは、ジャスパーを容疑者として取り調べるために、地方警察からの出頭の申し出で、ロンドン警察の私服刑事が現れたのかもしれない。

しかし、物語は、作品の執筆年代よりもかなり古い時代に設定されているようだ。クロイスタラム(舞台のモデルはロチェスターであるとされる)では、エドウィンが失踪したとき捜査に当たっているのは町の人々で、警察は前面に出て来ず、町長が逮捕状を出すというような体制である。クリスパークルとグルージャスがロンドンで別れた場所は、「まだ完成せず開発もされていない鉄道の駅」(第一七章)と書かれているが、これはペンギン版テクストの注によれば、グリニッジ線の終着駅ロンドン・ブリッジと推定される。そうするとこれは駅が開設された一八三六年より前だということになる(クロイスタラムにも鉄道が通っていないと述べられているので、ローザが鉄道でロンドンに行くさい、どの駅から乗ったのかという点には、疑問が残る)。かりに物語が一八三〇年代前半ころに設定されていたとすれば、まだスコットランド・ヤードの私服刑事の登場は、早すぎるということになるだろう。

そうなると、ダチェリーは私立探偵の可能性がある。依頼人は、ジャスパーに嫌疑を抱いているグルージャスあたりだろう。もしディケンズがこの作品を完成していたとすれば、ダチェリーは、シャーロック・ホームズの前身となる私立探偵であったことが、明らかになっていたかもしれない。

以上は、もちろん仮説の域に留まる。もしディケンズが、次の章でダチェリーとタークーが同時に出てくる場面を書いたとすれば、このような推論は一気に崩れ去ってしまうからだ。物語の構想は、あくまでも作者しか知らない。この未完作品に刺激されて、続編の創作に挑戦したミステリー作家たちも数多いが、ディケンズと力比べするという困難な試みの結果、なかなか満足のゆく成果が生まれていないのも、無理からぬことである。

犯罪心理という謎

私たちにとってより深い謎は、ディケンズがもし生きていたらこの続きをどのように書いたかということよりも、むしろすでに書かれた内容のなかに含まれているように思われる。最大の謎は、ジャスパーという犯罪者の深層心理であろう。ジャスパーは、大聖堂の聖歌隊長という社会的地位と評判、立派な風采と美声、芸術的才能を具えた人物である。その反面、彼は単調な生活にうんざりし、甥の婚約者に激しい欲望を抱き、阿片の常習によって心身の健康を蝕んでいる。このようにジャスパーは多重性を具えた人物である。それゆえ、彼の性格を解離性同一性障害に起因するものと見なす病理学的解釈もある。現にピーター・ローランドなどは、ジャスパーのなかにジキル博士とハイド氏のように完全に分離した別人格が存在するというような物語を仕立てて、続編『エドウィン・ドルードの失踪』を書いている。

しかし、ディケンズがジャスパーをとおして描こうとしたのは、そのような善悪の対立・矛盾よりも、むしろ犯罪心理の異常性であったように思える。初《うぶ》な乙女ローザがジャスパーの求愛に対して怯えているのは、彼が自分の婚約者の叔父であるという倫理観ゆえではない。彼女は、レッスン中にピアノを弾いている自分の指や歌っている口をジャスパーにじっと見られると、「奴隷にされたかのような」恐怖と恥辱を感じる。また、ジャスパーが学院に訪ねて来たときには、彼と室内で二人きりになることを恐れ、いつ何時でも助けを求められるように、人目につく庭で面会する。そして、彼に求婚されたローザは、自分が「不潔な汚点」をつけられたように感じる。この生理的拒否反応と言ってもよいローザの嫌悪感は、ジャスパーの変質性を浮かび上がらせる。

ジャスパーの行動様式も、尋常ではない。あらかじめネヴィルを容疑者に仕立てるように工作し、証拠の隠滅を図るための死体遺棄方法を画策するなど、ジャスパーの殺人が、衝動的な犯行ではなく周到な計画に基づくものであることは、明らかだ。エドウィンが行方不明になったと言って騒ぎ、川底をさらう捜査に熱心に加わるといった派手な演技。愛する甥がネヴィルに殺される危険への恐怖と怨念を、日記に綴って他人に見せるというような狂言。ジャスパーの犯罪には、観客を意識した自己顕示性の特徴があり、劇場型犯罪の変形のような側面がある。ジャスパーは、ネヴィルが釈放されたあと、ロンドンに移り住んだ彼をなおも追跡する。それは、ジャスパーの日記の言葉を借りるならば、「愛する亡き甥を殺害した罪を犯人に着せ、破滅させるべく献身する」という虚構をとことん演じ続け、かつ、ローザに想いを寄せる者を抹殺しようとする執念であり、また、ローザに自分の求婚を承諾させるための脅迫の手段でもある。この行動様式にも、際立った自己中心性と粘着性がうかがわれる。

また、ジャスパーが阿片常用者であることも、犯罪と無縁ではないかもしれない。阿片は、鎮痛剤・麻酔剤などとしての薬効があると同時に、中毒症状をもたらす麻薬の一種でもある。ジャスパーは、すでに目眩《めまい》や呼吸困難、けいれん、発作などを起こし、慢性的な中毒症状を呈している。麻薬には陶酔感や多幸感などの向精神作用があるが、刺激性が増大すると幻覚や暴力性へと発展する場合がある。一九世紀のイギリスでは阿片の吸飲が流行していて、それがもたらす害毒についてはじゅうぶん認識されるに至っていなかったが、ディケンズは早くも、薬物の乱用が犯罪に結びつく可能性を、ジャスパーをとおして示唆しているとも考えられる。

ジャスパーの心の闇

このように複合的な特性を持つジャスパーは、ロンブローゾの遺伝学的学説はもちろんのこと、その後諸学派に分岐し発展した現代の犯罪学によっても、容易に分類できないタイプの犯罪者であると言えよう。ジャスパーの心の深層を探ってゆくと、私たちは、いかなる光も通さず他者のあらゆる理解をも拒絶する暗黒部に突き当たる。現代よく言われる「心の闇」とは、本来そういうものであって、安易な共感を許すものでも、容易に解析できるものでもないはずだ。ディケンズは、人間の心のなかにそういう謎が存在しうるということを、この未完の遺作をとおして提示しているのである。

ディケンズの作品群に現れる犯罪者たちは、大部分、その異常性が強調され、悔悛の見込みのない人間として描かれている。しかし、ディケンズは彼らをたんなる悪玉として平板に描くのではなく、あくまでも生身の人間として扱い、その悪の凄まじさや解明できない心の闇に、飽くことない興味を注ぎ続けたのである。

人間性とはみな似たりよったりで、ふつうの人々のなかにも犯罪者に似た人がいる——これは、本書の終わりのほうで登場するある老嬢探偵の持論である。そこへ行き着くまでの道のりはまだ遠いが、ともかく、英国ミステリーの「人間学」への第一歩は、人間の心の謎に焦点を当てたディケンズによって、踏み出されたのである。

第２章

被害者はこうしてつくられる

――ウィルキー・コリンズ――

ウィルキー・コリンズ(1881年撮影)

1　抹殺される恐怖を描く『白衣の女』

センセーション小説からミステリーへ

イギリスでは一八六〇年代に、センセーション小説と呼ばれるジャンルが流行した。これは、中産階級を中心とする人々の生活を背景として、家庭内の秘密、暴力、不義、殺人など、扇情的な題材を内容とした小説群である。その代表作としてしばしば挙げられるのは、ウィルキー・コリンズの『白衣の女』(一八六〇)、エレン・ウッドの『イースト・リン』(一八六一)、メアリ・エリザベス・ブラドンの『レディー・オードリの秘密』(一八六二)などであるが、ディケンズやエリザベス・ギャスケル(一八一〇—六五)をはじめ同時期の作家たちの多くの作品に、このジャンルの特徴が見出される。

ことにコリンズの場合は、傑作とされる『白衣の女』以外にも、『バジル』(一八五二)、『ハイド・アンド・シーク』(一八五四)、『ノー・ネーム』(一八六二)、『アーマデイル』(一八六六)、『月長石』(一八六八)などの長編小説や、『暗くなってから』(一八五六)、『ハートの女王』(一八五九)などの短編集をはじめ、初期から全盛期にかけて書かれたほとんどの作品に、同質の要素が含まれている。

センセーション小説は、秘密や犯罪などを題材として含み、衝撃やスリル、サスペンスといった効果をねらったものである点で、探偵小説との親近性が強い。類似した題材を用いて、探偵による謎解きを中心に据えたものが、探偵小説であるとも言えるからだ。コリンズの作品が探偵小説へと接近していったのは、ごく自然の成り行きだったのである。

コリンズは、作家としての自分の信条を、作中人物のひとりジェッシー・イェルヴァトンの口を借りて、次のように表している。

小説というものは、ストーリーを語ることから始めるのが、そもそもの目的ではないのか?……私が求めるのは、読者の興味をぐいぐい捉え、食事のときに着替えをするのも忘れさせるようなもの――とにかく、ひたすら読み続け、息もつかず最後まで一気に読ませるような小説だ。

(『ハートの女王』第四章)

読者を楽しませるという小説の娯楽的要素を重視したコリンズは、まさにミステリー作家としての優れた資質を具えた作家であったと言えよう。

では、コリンズのセンセーション小説がいかに探偵小説へと転化していったか、また、ミステリー作品のなかで、彼が人間学的アプローチをどのような形で試みているかを、見てみたい。

『白衣の女』は、謎解き役が素人探偵で、かつ事件に関わる当事者である点からも、一般的な探偵小説の分類には組み入れられない。しかし、この小説の中心的な動力が「ミステリー」であることは間違いないし、その謎解きの過程がきわめて高度なプロット構成によって仕組まれているという点でも、探偵小説との類似を示す。

法廷証言スタイルの語り

もうひとつ注目したいのは、この作品の法的な側面である。コリンズは、ロンドンのリンカーンズ・イン法学院で、法廷弁護士の資格を取得した。結局、法律の道には進まなかったが、そのとき得た知識や経験が、彼の作品にさまざまな形で影響を及ぼすことになった。『白衣の女』でも、遺産相続に関する複雑な専門的記述が見られたり、弁護士が登場して重要な役割を果たしたりするなどの特徴が見られる。

ことに興味深いのは、小説の語りの形式自体が法廷証言を模した形になっていることである。冒頭部でまず、この物語は「犯罪に関する陳述が法廷で複数の証言者によってなされるように、複数の書き手によって記述される」という方針が示される。それぞれの証人は、事件に関して自分が最もよく知っている部分について語り、役割を終えたら、次の語り手に引き渡す。こうして、「読者は裁判官のような立場で話を聞く」という設定になっているのである。

物語はまず、リマリッジ屋敷の令嬢マリアンとローラの絵画教師として雇われたウォルター・ハートライトの手記から始まり、続いて弁護士の手記、マリアンの日記からの抜粋、使用人たちの証言の口述筆記、医師の診断書というように、次々と語り手が入れ替わりながらつながってゆく。最後の第三部は、主人公ハートライトの手記によって締め括られる形になるが、そのなかには、事件の関係者の手紙や犯人の手記なども挿入されている。

複数の語りの交通整理をする役は、ハートライトが担う。第三部のはじめに彼は、自分の役割は「読者を案内すること」で、「物語の絡み合った糸を、端から端まで、自分の手の中でもつれないようにしておく」務めがあることを明らかにしている。ハートライトにとっては、陰謀事件に巻き込まれた恋人ローラを救済するためには、このような手立てをとるよりほかなかったのだ。複数の証言者から得た情報をつなぎ合わせることによって、素人探偵ハートライトは、犯罪の証拠固めに辛くも成功したのである。

精神病院監禁という罠

『白衣の女』で中心となる事件は、殺人ではない。この物語で扱われる犯罪の特徴は、人身に加えられる暴力性ではなく、陰謀の罠に人を陥れる手口の巧妙さにある。ディケンズのミステリーでは、犯罪者の異常心理に重点が置かれていたのに対して、コリンズのミステリーでは、むしろ犯罪に巻き込まれる被害者側の恐怖感のほうへと重心が移行する。

両親を亡くした異父姉妹マリアン・ハルカムとローラ・フェアリーは、ローラの叔父フェア

月夜に街道で出会ったハートライトと白衣の女(F. A. フレイザー画)

リー氏とともにリマリッジ屋敷に住む。絵画教師ハートライトは、ローラと愛し合うようになるが、彼女にはすでに亡父の定めた婚約者がいたため、恋を断念して屋敷を去り、中央アメリカへ旅立つ。しかし、婚約者サー・パーシヴァル・グライドの目当ては、ローラの財産にあった。彼は、ローラが子供を遺さずに先に死んだら、彼女のすべての財産が自分のものとなるよう、法的な手続きを強引に進めたうえで結婚する。

金の必要に迫られたサー・パーシヴァルは、ローラの叔母の夫フォスコ伯爵と結託して、陰謀を図る。実はサー・パーシヴァルは、過去に身分詐称の罪を犯していた。彼は、その内情に通じているキャセリック夫人が、彼女の娘アンに秘密を漏らしたのではないかと邪推し、アンの知能の遅れを利用して精神病院に監禁していた。作品の冒頭近くで、ハートライトはリマリッジ屋敷へ向かう道中、不思議な「白衣の女」に出会うが、彼女こそ、精神病院から逃亡中のアン・キャセリックだったのである。

サー・パーシヴァルは、逃亡したアンを追跡し続け、ようやく捜し当てるが、そのとき彼女は心臓病を患っていた。アンがローラと瓜二つであること(それは偶然ではなく、理由があることがのちに明らかになる)を利用して、陰謀者たちは一計を講ずる。フォスコ伯爵はアンをおびき出し、彼女を「ローラ・グライド」として医者に診せ、その病死後、死亡診断書を書かせて埋葬する。その一方でフォスコは、マリアンの病中を利用して、ローラを連れ出し、「アン・キャセリック」として精神病院に収容させる。こうして犯人たちは、ローラを実際には殺さずして、法的に死んでしまったことにしてしまい、彼女の財産を手中に収めることに成功したのである。

生存の証明

マリアンは病気から回復したとき、妹の死を知らされる。しかし、その後精神病院を訪れて、「アン・キャセリック」なる人物に面会したとき、マリアンはその女性が妹ローラにちがいないと確信し、彼女を病院から逃亡させることに成功する。帰国したハートライトは、ローラの死の報を受けて墓参りに訪れるが、そこで姉妹と劇的な再会を果たし、ローラが生きていたことを知る。

ハートライトは姉妹を密かにかくまって暮らし始めるが、謎解きはようやくそこから始まるのである。ローラが本人であることを認めたのは、ハートライトとマリアンのただ二人だけで、そのほかのすべての人々にとって、彼女は精神病患者アン・キャセリック以外の何者でもなかった。叔父フェアリー氏をはじめ、フェアリー家、グライド家、フォスコ伯爵の知人や使用人、そしてハートライトの家族までが、ローラが生きていることを認めようとはしない。いかに彼女が自分はローラ・グライドであると主張しても、それは精神病患者の妄想としてしか受け入れられない。実際彼女は、自分でもわけがわからないまま病院に収容され、アン・キャセリック扱いされるようになったため、恐怖と錯乱によって、ますますアンと見分けがつき難くなる。ハートライトやマリアンがへたに主張すると、自分たちまで、故レディー・グライドの名と地位を騙る女詐欺師の共犯者という扱いを受ける。要するに、ローラは「理性的にも法律的にも、親戚や知り合いの目から見ても、文明社会で受け入れられているあらゆる形式に従って」死者として埋葬されてしまったのであった。

ローラを社会的に復活させるためには、法的な助けを借りることもできず、ハートライトが自ら犯罪を立証するほかなかった。しかも、唯一可能なのは、「偽りのローラ」アンが死んだあとに、「本物のローラ」が生きていたことを証明すること、つまり、そこに一日のズレがあったという事実を、複数の証言を照らし合わせながら引き出すという道しか残されていなかった。

ハートライトは困難を切り抜け、ついにローラの生存証明を達成するに至る。しかし、結局犯人たちは、奪った金を使い果たし、何ら法的制裁を受けないままに終わる。サー・パーシヴァルは事故死し、フォスコ伯爵は過去に所属していた秘密結社によって暗殺されるが、それらの死は事件とは直接関係のないものだった。彼らの犯罪がある意味で成功したということは、社会の弱点を逆照射していることにもなるだろう。

社会に潜む罠

コリンズは、この作品のアイデアを、パリで見つけたモーリス・メジャン編『有名訴訟事件選集』という犯罪事件簿から得たという（ピーターソン『ヴィクトリア朝時代のミステリーの巨匠たち』）。それは、一七八七年、ドゥオール侯爵夫人が、兄によって財産を奪われ偽名で精神病院に監禁されて、逃亡後も法的な権利を取り戻すことができなかったという記録であった。したがって、現実に、フランスではそういう手口をとった犯罪の例があったことがわかる。『白衣の女』で、人々がいかに法的保護のないまま容易に精神病院に監禁されうるかを示したコリンズは、当時の社会における施設の在り方について、問題を提起することにもなった。アンが収容された私立の施設では、環境は比較的恵まれているが、のちにコリンズが『毒婦の娘』（一八八〇）で描いた公立精神病院は、さらに深刻な状況を呈している。

いったん精神病院に収容されると、正気であることを証明できない蟻地獄に陥りかねないという危険。法的に抹殺されると、生存の証明がきわめて困難であること。コリンズは、そうした恐怖感を生み出す犯罪の構造を、当時の社会背景を舞台として精密に描き出した。時代背景や社会状況が違っても、被害者を陥れる罠は、さまざまな形で、現代もなお私たちのまわりに張りめぐらされている。それが、法の網目や社会制度の抜け穴を利用した巧妙な犯罪であればあるほど、被害者は孤立無援の立場に立たされる。コリンズはそういう局面に置かれた人間の状況を、「ミステリー」という形態をとおして浮かび上がらせるのである。

2　物的証拠と謎解き『月長石』

事件の再構成

宝石盗難事件を扱った『月長石』でも、同様に法廷証言スタイルの語りの形式が用いられる。作品の冒頭に掲げられた「プロローグ」で、古来より、インドの寺院に祭られた月神の額に象嵌《ぞうがん》された「月長石」と呼ばれる巨大なダイヤモンドが、三人のバラモン僧によって代々守られてきたという伝承が述べられる。戦乱を経て略奪者たちの手から手へと渡っていった月長石は、一八世紀終わりのイギリス軍によるセリンガパタム宮殿襲撃中に、ひとりのイギリス人大佐ジョン・ハーンカスルの手中に入る。ハーンカスルの死後、この曰くつきの宝石が、ヨークシャーに住む妹レディー・ヴェリンダーの娘レイチェルに遺贈されると、たちまちヴェリンダー家の屋敷内で宝石が消え、さまざまな人々が事件に巻き込まれることになるのである。

レイチェルの従兄で、事件の当事者のひとりでもあるフランクリン・ブレークは、すでに過去の出来事となった月長石盗難事件を振り返り、「この先、罪のない人たちが嫌疑を受けることがないように」と、真相の一部始終を記録に残しておくことを思い立つ。つまり、謎解きの重点は、真犯人の発見よりも、むしろ無実の証明のほうに置かれている。『白衣の女』と同様、この作品でも、ミステリーの中核をなしているのは、被害者(ここでは無実の容疑者)がいかに作り出され、救出されるかという問題であると言えるだろう。

作品では、複数の語り手の証言を寄せ集めて、時間の順に並べて出来事を再構成するという方法がとられている。まず、ヴェリンダー家の執事ベタレッジの手記から始まり、レイチェルの従姉ミス・クラックや弁護士ブラッフによる寄稿が続き、フランクリン自身の手記へと移る。フランクリンの手記のなかには、女中ロザンナの遺書や医者エズラ・ジェニングズの日記からの抜粋などが含まれ、最後に、探偵カフやベタレッジの寄稿などが添えられる。

複数の証言によって、出来事の鎖はつじつまが合うように辛うじてつながっている。とはいえ、人間の見方にはそれぞれ違いがあるという事実もまた、否めない。同様の語りの手法がとられた『白衣の女』でも、たとえば、不美人だが才知に長けたマリアンと、人を懐柔する不思議な技を持つ巨漢フォスコ伯爵とが、互いに敵意を抱きつつも、相手に対して抗しがたい魅力を感じていたことが、それぞれの手記から読み取られ、事件とは無関係の余剰部分として作品に文学的な厚みを与えていた。『月長石』ではさらに、語り手による見方のズレそのものが、事件の謎を複雑にする大きな要因のひとつになっているのである。

事件には複数の容疑者たちがいる。まず、屋敷の周辺に出没する怪しげな三人のインド人の手品師たちが、月長石を追跡しているバラモン僧であることは容易に推測できる。しかし、宝石が紛失した夜には、屋敷内にも多くの人々が居合わせた。彼らは、ある観察者の目には怪しく、また別の観察者の目にはまったく潔白な人物と映り、それぞれの主観的な色眼鏡をとおして描かれる。

「藪の中」へ

たとえばレイチェルは、執事ベタレッジにとっては、「誰もがこれまでに見たことがないほど美しいお嬢様」で、自我は強いが「太陽のように温かい方」である。他方、慈善運動家ミス・クラックは、レイチェルが、自分の立派な叔父・叔母の娘とはとうてい思えないほど「卑しい顔つきの人間」で、「言葉にも動作にも、貴婦人らしい謹みに嘆かわしいほどに欠け」、「子供のころからもともと罪深い心の持ち主」であると言う。

もっとも、『ロビンソン・クルーソー』を聖書代わりにしているベタレッジにしろ、狂信的な偽善者ミス・クラックにしろ、価値観がひどく偏っているうえに、前者は忠誠心、後者は嫉妬によって歪んだ見方をしているので、ともに信頼できる語り手とは言えない。捜査協力を拒むレイチェルの片意地な態度は、カフ探偵にとっては容疑を深める原因となり、彼女を愛するフランクリンにとっては、率先して事件の解決を図ろうとした自分に対するつれない仕打ちのように感じられる。

レイチェルのもうひとりの従兄ゴドフリー・エーブルホワイトは、ベタレッジによれば、「快活で頭がよく、あらゆる長所を持ち合わせた」好人物で、誰からも好かれる「イギリス随一の博愛主義者」である。ミス・クラックは、女性慈善運動団体の英雄的存在であるゴドフリーを熱狂的に崇拝し、彼の行動を興味津々の態度で観察する。ゴドフリーがレイチェルに求婚している場面は、自らを「殉教者」と呼ぶミス・クラックによって、カーテンの陰から覗き見される。他方、ヴェリンダー家の顧問弁護士ブラッフは、ゴドフリーが、レディー・ヴェリンダーが亡くなったあと、遺言状の内容を、依頼人をとおして法律事務所で確認しようとしたことから、彼の経済事情や行動に疑惑を抱く。

フランクリンは、ベタレッジによれば、悪戯好きの「可愛い坊ちゃま」のころから親しい存在だったが、さまざまな国々で教育を受けた経歴ゆえに、多才だが不安定な人格であり、レイチェルの求婚者としては、ゴドフリーにとうてい勝ち目はないとされる。しかし、フランクリンは、ベタレッジの娘ペネロープをはじめ、女性の使用人たちの人気を集める魅惑的な紳士で、ことに女中ロザンナは、一目見たときからフランクリンへの片想いに陥り、ついには失恋によって自殺する。ロザンナの遺書によれば、彼女はフランクリンが宝石泥棒の犯人であると信じて、罪の隠蔽に協力しようと献身したにもかかわらず、自分の恋心を彼から冷たく踏みにじられ、絶望に陥って死を決意したという。しかし、フランクリンの手記と読み比べると、ロザンナの思い込みとフランクリンの真意との間には、かなりのズレがあることがわかる。また、フランクリンの手記を読む読者は、事態がフランクリンにとって不利な方向へと次第に傾斜してゆくにつれ、アクロイド型の語り手(アガサ・クリスティーの『アクロイド殺し』に関する節を参照)の話に耳を傾けているような疑惑に、時おり襲われる。

このように、語り手たちの証言に食い違いがあることから、謎がいっそう錯綜してくる。結果的に真犯人は明らかになり、事件の顛末もほぼ解明されるが、厳密な意味での真相は、あくまでも「藪の中」に隠されているのである。

カフ探偵の登場

治安判事の命令で地方警察が呼び出され、盗難事件の調査を始めるが、いっこうに埒があかない。そこでフランクリンは、名探偵として名高いロンドン警視庁のカフ巡査部長を呼び寄せる。カフが最初に登場する場面は、ベタレッジによって次のように描写されている。

貸馬車から、白髪まじりの年配の男が降りてきた。全身骨と皮だらけといってよいくらい、痛々しいほど痩せている。きちんとした黒服に白いネクタイをつけ、顔立ちは斧のように鋭利で、顔の皮膚は枯葉のように黄色くかさかさにしなびていた。鋼鉄のような薄灰色の目は、もしその目に合ってしまったら、こちらが知らないことまで見透かそうとしているようで、どぎまぎさせられるようなところがあった。歩き方は物静かで、声は重く沈み、骨ばった長い指はかぎ形に曲がっていて鳥獣のかぎづめを思わせた。（第二二章）

カフは、ディケンズの『荒涼館』のエネルギッシュなバケット警部とは対照的に、陰気な雰囲気を漂わせる。痩せた体形、とがった神経質そうな顔立ち、鋭い眼光などは、むしろ未来の探偵ホームズ像を彷彿させる。カフは探偵という職業のほかに、バラ作りの愛好家としての側面を持つ点でも、ヴァイオリン演奏を好む趣味人ホームズに通じる。

バラ園で使用人と話すカフ巡査部長
（F. A. フレイザー画）

しかし、それ以上にカフをホームズと結びつけるのは、細部を重視して証拠を徹底的に洗い出すという捜査方法の特徴である。

細部に宿る真相

カフはまず、事件の起こった現場を調査し、最近ペンキが塗られたドアの錠前の上についた小さな染みに注目する。彼はその染みを「痩せた指で探るようにそっと触り」、さらには「拡大鏡で染みの具合を調べてみる」。拡大鏡といえば、まさにホームズのイメージと切り離すことのできない探偵の小道具である。

染みを拡大鏡で調べてみた結果、ペンキには「(人間の手のようなものが触れた)皮膚の跡」はなく、それは、誰かがそばを通ったときに服が触れてできた痕跡だということがわかる。ここでは「指紋」(fingerprint)という言葉は出て来ず、「皮膚の跡」(skin-mark)という表現に留められている。しかし、コリンズがわざわざ括弧をつけて「人間の手のようなものが触れた」という注意書きを添えていることに注目したい。

手の皮膚の跡といえば、具体的には、手の平や甲、指の皮膚のしわなどを指すことになる。そういうものを個人の識別の手段として用いるという慣習は、古くから植民地インドでイギリス人によって実践されていたが、犯罪学上の「指紋学」が成立したのは一八九〇年代で、スコットランド・ヤードで指紋法が採用され始めたのは、一九〇一年である。

ゲルタイスの指摘によれば、文学において最初に「指紋」が登場したのは、マーク・トウェインの『ミシシッピー河の生活』(一八八三)で、殺人犯が犯行現場に血染めの親指の指紋(thumb-print)を残したという挿話(第三一章)であるとされる(ゲルタイス『探偵』)。しかし、『月長石』にも、すでにその前触れが現れていると言えるのではないだろうか。少なくとも、コリンズが創造した「細部にこだわる探偵」カフならば、もしペンキの染みが人の指の皮膚の跡だとわかれば、容疑者の皮膚と突き比べるくらいの試みをしただろうことは、想像に難くない。ともかく、染みの原因が衣服の接触であるとわかったあと、カフは、ペンキが塗られた時間、乾いたと想定される時間をもとに、染みができた時間を特定し、その時間帯に通りかかって染みをつけた人物こそ、宝石の紛失に関わる人物であるという事実を導き出す。そこから、染みのついた衣類を隠そうとしている人物がロザンナで、彼女は誰かほかの者をかばうためにそのような行動をとっているのではないかと、カフは推理を推し進めてゆく。

カフのモデルには、ジョナサン・ウィッチャー警部という実在の人物がいた。一八六〇年、サマセットとウィルトシャーの州境にあるロードという村で、四歳の少年フランシス・ケントが惨殺されるという事件が起こり、捜査に当たったウィッチャー警部は、少年の継姉である一六歳のコンスタンスを逮捕した。事件後、コンスタンスのナイトガウンが消えたことから、ウィッチャーは、殺人のさいに血痕のついた証拠品の湮滅《いんめつ》が図られたものと推理したのである。治安判事はこれを却下し、コンスタンスを無罪とした。かくも残酷な事件をうら若き良家の娘が起こすはずがないと信じる世間の人々によって、ウィッチャーは轟々たる非難を浴びせられ、やがて退職へと追い込まれた。ところが、事件の五年後、コンスタンスは自分が犯人であったことを自白し、その陳述内容は、ウィッチャーの推理と驚くほど一致していたという（ウーズビー『天の猟犬』)。

最初、ペンキの染みを些細なこととして軽視していた警察署長に対して、カフは言う――「この汚れた世界のなかでも、最も汚れた犯罪に関わってきた私の経験からして、取るに足りない些細なことになど出会ったためしがない」と。物的証拠の細部を重視するというカフのこの根本的な考え方こそ、近代的な犯罪科学のテクニックの基礎をなすものと言えるだろう。それと同時に、真相が細部に宿るということは、犯罪にかぎらず人間の営みすべてに関しても言えることである。最も汚れた犯罪という極限の世界から発せられた警句であるからこそ、人生の真理を突く言葉としての重みがあるということが、逆説的に言えるかもしれない。

物的証拠と目撃情報の狭間で

カフは犯行の可能性を絞り込む推理に成功したが、最終的に誰が犯人かという点で、判断を誤った。彼は、ヴェリンダー家の屋敷を引き払うことによって捜査協力を拒否したレイチェルこそ、ロザンナを使って宝石を盗み借財に当てようとした張本人であると目星をつけたのだが、娘の潔白を信じるレディー・ヴェリンダーから、捜査を打ち切るようにと申し渡される。カフはいったん退場するが、結末でふたたび姿を現したときには、すでに警察の職を退いている。ここにも、実在の人物ウィッチャー警部の姿が、影を落としているように見える。

その後の展開で、フランクリンが犯人である可能性が次第に濃厚になってゆく。まず、ロザンナの遺書とともに、ペンキの染みのついたフランクリンのナイトガウンが発見される。さらにフランクリンは、事件以来、彼と会うことを拒絶し続けていたレイチェル自身の口をとおして、彼が宝石を盗んでいるところを目撃したと聞かされることになる。こうして、いったんフランクリンの犯行は、確実になったかのように思われる。物的証拠と目撃情報という決定的な事実の間には、彼の潔白を証明するための一寸の余地もないかに見えるからである。

身に覚えがないまま自らの犯行の証拠に囲まれがんじがらめにされたフランクリンを袋小路から救ったのは、結局、医者と弁護士だった。医者エズラ・ジェニングズは、禁煙によって不眠症になっていたフランクリンが、事件前夜、知らぬ間に阿片を飲まされたために神経系に故障が生じ、夢遊病状態で宝石を持ち出したということを、病理学的観点から推理し、実験によって立証する。また、弁護士ブラッフは、月長石がロンドンの宝石商ルーカーのもとに質入れされていることを突き止め、質の期限が切れた後それを請け出しに訪れる人物こそ、フランクリンが無意識で持ち出した宝石を手中に収めた犯人であろうと推理する。

再出現したカフによって犯人の正体は明らかになる。宝石商ルーカーのもとを訪れたあと、ある宿で三人のインド人の襲撃を受け、宝石を奪われ遺体となって発見された犯人。それは、盗難事件の起こった夜、ヴェリンダー家の屋敷に泊まっていた身内のひとりだったが、深夜に夢遊病状態のフランクリンから月長石を手渡されたとき、相手の記憶がないのをよいことに、そのまま宝石を自分のポケットに収めたのだった。

このように偶然のなりゆきで犯人にとって好都合に運んだいとも容易な犯罪が、別の容疑者にとっては不利に運び、潔白を立証することが至難の業となることもありうるのだ。この作品では、探偵と弁護士と医者の共同作業によって、至難の業は達成される。そういう意味では、事実の隙に分け入り真相解明の光を投げかける犯罪捜査の科学的進展をも垣間見させてくれる作品であるとも言える。阿片常用者である作者自身によってその薬物作用が描かれていること、科学者の推理を先行的に導入している点などが、この作品への関心を呼ぶ主要因となっていることも、確かだ。

ただし、この作品では、事件を科学的に解明しようとする志向が顕著にうかがわれる一方で、神秘主義的な要素が織り交ぜられていることも、付け加えておかなければならない。

東方の神秘

事件の中心となり、作品のタイトルともなっている『月長石』は、もともとはインドの聖なる秘宝である。月長石にまつわる伝説を語った冒頭の「プロローグ」では、東方の神秘的雰囲気がたちこめる。昔、三人のバラモン教徒たちの夢のなかにヴィシュヌ神(ヒンドゥー教の最高神)が現れ、お告げを垂れた。夢のなかで神は、以後代々、三人の僧侶によって月長石を守り続けるようにと命じ、その宝石に手を触れた者、ならびにそれを受け継いだ一族には、災いがもたらされるだろうと予言したという。

物語では、月長石が略奪されイギリスに持ち込まれたあと、宝石をめぐって、盗難事件が発生し死者まで出るというように、次々と災いが生じる。月長石の周辺には、たえず不思議な三人のインド人たちが出没し、結末で、彼らは宝石を奪い返して、インドへ持ち帰って行く。このように、すべては伝説のなかの神の予言通りとなり、作品全体がオカルト的雰囲気に包まれる。

コリンズは、なぜ盗難事件の中心となる宝石を、あえて西洋ではなく東洋の秘宝という設定にしたのだろうか。当時、インドはイギリスの植民地支配下にあったが、コリンズは、たんに自国の帝国主義的侵略に疑問を投げかけるばかりでなく、作品のなかに、より濃厚な神秘的要素をこめることをも、ねらいとしたのではないだろうか。なぜなら、実質上インドを政治的・経済的に支配していた当時のイギリスにあっても、文学の世界のなかでは、インドは依然として未知なる要素を留めたオリエントの地であったからだ。

たとえば、シャーロット・ブロンテの『ジェイン・エア』(一八四七)では、伝道師としてインドに赴いたセント・ジョン・リヴァーズが、間もなくその地で死を迎えるだろうというくだりで結ばれている。ウィリアム・サッカレーの『虚栄の市』(一八四七―四八)では、ドビン少佐がインドで重病に倒れ、命からがらイギリスに帰国する。エリザベス・ギャスケルの『クランフォード』（一八五三）でも、若いときに入隊してインドで消息をたち、死んだものと思われていたピーター・ジェンキンズが、最後に年老いて帰って来る。このように当時インドは、あたかも黄泉に近い国であるかのごとく、いったんそこへ行くとふたたび帰って来ることが困難な別世界のように描かれている場合が、少なくない。

西洋世界の人々の心になお不可思議さを留めていた異国の地から、侵すべからざる神聖な秘宝を奪うという暴虐。それは、たんに金銭的に高価なものを盗むのとは異なり、神秘主義的な「呪いの石」への恐怖を読者の心のなかに煽る。また、事件の引き金となったのが、「阿片」という東洋からもたらされた麻薬であることや、最終的な謎を解く医者エズラ・ジェニングズに東洋人の血が流れていると暗示されていることも——彼は、イギリス人と植民地原住民との混血で、ジプシー風の容貌をしていて、阿片常用者であると述べられている——意味深長である。

そもそも「ミステリー」とは、「誰が犯人か」(who-dun-it)という要素だけではなく、言葉の原義そのもののなかに、「神秘」という意味も含んでいる。つまり謎とは、理屈にかなった説明を促す一方で、何か言い知れぬ不可解さを含んでいるという特性があるのだ。それゆえ、謎の解明を中心に据えた探偵小説にも、しばしば神秘的な要素が含まれることになる。むしろ、理屈では割り切れない神秘性が加わることによって、いっそう謎の効果が高められるとも言えよう。のちに取り上げるドイルの『バスカヴィル家の犬』では、迷信に対する人間の恐怖が中心的な題材になっているし、チェスタトンやクリスティーの作品をはじめ、その後の多くの探偵小説にも、不可解なものに脅かされる人々の姿がしばしば描かれる。

したがって、コリンズが『月長石』に「オリエンタリズム」という形で神秘主義を意識的に持ち込んだということは、探偵小説が科学万能主義によって支配される物語世界ではないことを、彼が察知していたことを示しているとも言えるだろう。

「人間学」の継承

しかし、科学と神秘という二要素だけなら、『月長石』はたんに古色蒼然たる記念碑的作品となってしまったかもしれない。この作品が、現代もなお読み継がれる探偵小説の古典たりうるのは、これが人間性を巧みに描き込んだミステリーであるからではないだろうか。まず作品の第一の魅力は、さまざまな証言者たちの語りをとおして、それぞれの人物の性格の特徴が生き生きと描かれていることだ。

第二は、人間の認識の不確かさというものが、さまざまな角度から描かれていることである。恋人への不信に陥ったレイチェルや、絶望して命を絶ったロザンナのように、認識の誤りや思い込みによって、人はしばしば悲劇的な経路へと導かれる。探偵カフまでが一度は推理に失敗し、人間の認識がいかに不確かであるかの一端を示す。フランクリンの語りは、冤罪へと追い込まれる人間の状況と心理を描き出し、私たちの誰もがそのような立場に追い込まれる可能性があることを、想起させる。

語りの構造そのものが、人々の認識のズレを浮かび上がらせていることは、すでに述べたとおりである。これを、かりに複数の語り手たちの証言内容がまったく対立し合うところまで極端に推し進めると、謎の解明は不可能となる。裁き手(検非違使《けびいし》)の前で、殺人事件の目撃者たちが銘々まちまちの証言を述べ合う芥川龍之介の短編「藪の中」(一九一八)は、コリンズの考案したミステリー形式の一変形であるとも言えるだろう。

最後に、コリンズが初期作品『バジル』に添えた献辞のなかで述べている言葉を引用して、本章の締め括りに代えることとしよう。

小説の任務とは人間の生活を提示することである。このことを認める人ならば、悲惨な状況や犯罪の場面であっても、ありのままの人間性を留めつつ、人間生活の描写の一部をなすものにすることができるはずで、またそうする必要があるということを、否定できないだろう。

コリンズは読者を楽しませる筋立ての考案に頭脳を絞るばかりではなく、つねに人間性を描くことを信条とする作家だったのだ。彼は「人間学」を継承しつつ、探偵小説をより洗練されたジャンルへと発展させて、次世代の大物にバトンタッチしたのである。

第3章

世界一有名な探偵の登場

―アーサー・コナン・ドイル―

アーサー・コナン・ドイル

1　人間観察と推理　『緋色の研究』

ホームズとワトソンの出会い

アーサー・コナン・ドイルはエディンバラ大学で医学を学び、そこで、のちにホームズのモデルとなるジョゼフ・ベル教授と出会う。ベル博士は、患者の様子や体の特徴を観察しただけで、病気を診断することを得意としたばかりか、その職業まで言い当ててみせるという才能の持ち主だった。この鋭い観察力は、後でも詳しく述べるとおり、ホームズの推理の土台となる。しかも、痩せ型で目つきが鋭く鷲鼻だったというベル博士は、その外観においてもホームズに似た面影を持つ。

ドイルは在学中に、船医として航海に出るが、アフリカ海岸でマラリアに冒され命からがら帰国する。大学卒業後、個人病院を開業するが、患者がなかなか来ず、その合間に彼は小説を書きながら時を過ごしていた。結婚した翌年一八八六年、ドイルは経済的理由から、最初のホームズ・シリーズ作品『緋色の研究』を書いた。二度出版社に断られたが、一八八七年、ようやく出版にこぎつけたのちは順調に版を重ね、次第に注目を集めることとなる。

小説の語り手ワトソンは、医学の学位を取り、異国での医療活動中、熱病に倒れ、帰国して

ジョゼフ・ベル博士

シャーロック・ホームズ(シドニー・パジェット画)

開業医になるなど、ドイルと似た経歴の持ち主である。そういう点では、作者は探偵よりも、むしろ語り手、つまり探偵を眺める普通人のほうに近い立場に、身を置いているものと推測できる。ロンドンで下宿探しをしていたワトソンは、ベーカー街の部屋を共同で借りるパートナーを、知り合いのスタンフォードから紹介される。こうして、ワトソンはシャーロック・ホームズと出会うことになる。

最初に紹介されたとき、ホームズはある種の科学実験に熱中していたが、何が目的なのかさっぱりわからない。ワトソンは、「人間が研究すべきは人間である」というアレクサンダー・ポープの言葉を引いて、この変わり者に興味を示す。するとスタンフォードは、「では、彼を研究してください……逆に、あなたが彼に読み取られることのほうが多いでしょうけれどね」と言う。この幕開けの一節からも、ホームズ物語とは、語り手ワトソンによるホームズ研究であり、さらには、ホームズという鋭い観察者の目を通して見た「人間研究」の側面を持つことがうかがわれる。したがって、ドイルのミステリーは、人間性の探究という底流において、イギリス小説の伝統とつながっているのである。

ワトソンのホームズ研究

共同生活が始まり、ワトソンはホームズをじっくり観察する。生活は静かで規則正しく、早寝早起きの習慣があること。外出時は、科学実験室や解剖室で過ごしたり、長い散歩に出かけたりしていること。ひとたび熱中すると驚くほど精力的だが、時々その反動で何日間かソファーでぐったりとし、一日中口もきかず筋肉すら動かさず虚ろな目をして、「麻薬中毒かと疑うほど」の状態になってしまうこと。ホームズの風貌は、次のように描写される。

身長は六フィート以上ほどあるが、ひどく瘦せているので、実際より背が高く見える。目は、先に述べた無気力状態のときを別とすれば、射るような鋭さで、肉のそげ落ちた鷲鼻が、顔の表情全体に機敏で果断な印象を与えていた。突き出て角張った顎にも、決断力が現れている。手はいつもインクと薬品の染みだらけだが、いつ見ても壊れやすい実験器具を巧みに扱っていて、手先がすばらしく器用だ。

（第一部第二章）

ここで注目したいのは、ワトソンがなかなか鋭い観察力の持ち主だということである。ふつうワトソンと言えば、ホームズの鮮やかな推理に驚嘆する引き立て役として、いささか鈍感な人物であるとのイメージがつきまとうが、彼もまた、患者の診察を専門とする点では、プロの観察者なのである。ここでも、身長・体型・顔や手の特徴などの「視診」を含め、生活習慣の細かな点にまで観察が及んでいる。筋肉の動きや目の様子から、中毒症状との関連まで探っている点など、まさに医者の診察のような様相を帯びている。

さらにワトソンは、文学・哲学・天文学・政治・植物学・地質学・化学・解剖学・犯罪文学・音楽・スポーツ・法律の一二項目に分けて、ホームズの知識や能力を査定し、一覧表を作成する。このカルテ風の記録によれば、ホームズは化学と解剖学、犯罪文学(特に同世紀の凶悪犯罪を扱ったもの)に精通している以外は、ごく一部の学問分野の実用的側面にしか目を向けない、非常に偏った知識の持ち主で、ヴァイオリン演奏と棒術・ボクシング・剣術の達人であることがわかる。しかし、ワトソンの人間研究は、ここまでで終わり、その先の「推理」には進まない。彼は結局、ホームズという人物を捉え損ねて、一覧表を焼き捨ててしまうのである。

ホームズの推理分析学

ワトソンは、ホームズが書いた「人生の書」と題する論文を、偶然雑誌で見つける。論文には、次のように書かれていた。

「理論家は、一滴の水から、自分が見たことも聞いたこともない大西洋やナイアガラの滝の存在を推論できる。同様に、人生とは大きな鎖であり、その一環を見れば全体を知ることができる。他のあらゆる学問と同じく、〈推理分析学〉も長年の忍耐強い研鑽によって培われるものである……初学者はまず、より基礎的な問題から習得してゆくのがよいだろう。たとえば人に会ったら、その人の経歴や職業、専門などを、ひと目で見分けられるように訓練することだ。子供じみているように思えるかもしれないが、このような訓練は、観察力を研ぎ澄ませ、どこで何を見るべきかを教えてくれる。指の爪、上着の袖、ブーツ、ズボンの膝、人差し指と親指の皮膚の硬くなった部分、顔の表情、ワイシャツのカフス――こういったもののひとつひとつから、人の職業は自ずと表れるものだ。有能な探究者がこれらを総合すれば、必ず何かが解明されるはずだ」（第一部第二章）

一滴の水から大海を、ひとつの環から鎖全体を推理するという考え方は、コリンズが創造した細部を重視する探偵カフの方法論に通じる理念である。ホームズはそれを「推理分析学」と呼び、ひとつの学問《サイエンス》へと発展させる。そして、細部の観察によって人の経歴や職業を推理するという彼特有の実践方法を披露している。

しかし、著者が誰であるかを知らないまま論文を読んだワトソンは、これが「途方もないたわごと」、「くだらない考え」であると断定する。自分の常識の範囲で理解が及ばないものについては、陳腐な評語で切って捨てるというあたりに、ワトソンの「人間研究家」としての力量の限界が現れているようだ。

ここでいよいよホームズは、自らの正体を明かす。論文の著者たる自分は、観察と推理と直感力において稀な才能を持つ「世界でただひとりの諮問探偵」であること。解決できない問題を抱えたさまざまな人々が自分のところへ相談に来て、自分は報酬と引き換えに、どんな事件でもたちまち解決してしまうこと。いぶかしがるワトソンを相手に、ホームズはスコットランド・ヤードの刑事を見下すに留まらず、小説中の名探偵デュパンやルコックも、自分に比べれば数段落ちると豪語する。自分の才能の可能性に対して、常軌を逸した自信を持つか、あるいはほどほどのところで見切るか——それが、天才と凡人の分かれ目であるとするならば、尊大な自信家ホームズはまさに天才的な探偵であるのに対して、常識人ワトソンはやはり凡庸の域を出ることはない。ワトソンが、遠からずホームズの才能の前に屈し、称賛者になるであろうことは、この時点ですでにじゅうぶん予想できるのである。

ホームズがワトソンに最初に会った瞬間、「あなたはアフガニスタンに行っていましたね」と言い当てたとき、ワトソンは、自分が当地で軍医をしていたという情報を誰かから聞いたのだろうと推測していた。しかしこれも、ワトソンの体格、顔と手首の皮膚の色、顔のやつれ、腕の動かし方などを観察した結果の推理で、ホームズの理論の実践例にほかならなかったのである。次々と訪ねてくる依頼人たちをひと目見るなり、ホームズはその経歴や職業を言い当てる。このような観察による推理は、このあとに続くほぼすべてのホームズ物語で、繰り返し実践されてゆくのである。

人生のなかに混じる緋色の糸

作品のタイトルは、ホームズが美術的表現を使って、この事件を「緋色の研究」と名づけたことから引かれている。ホームズはワトソンに、次のように述べる。

「人生という無色のもつれた糸の束には、殺人という緋色の糸が混じっている。それを解きほぐし、緋色の糸を引き抜いて、すみずみまで明るみに出すことが、ぼくたちの務めだ」（第一部第四章）

人生とはむしろ、さまざまな色合いの糸が混じりより合わされたものだというのが、一般のイメージではないだろうか。しかし、いかなる人生上の経験も殺人に比べれば「無色《カラーレス》」に等しい、それほどまでに、殺人とはかぎりなく「濃い赤《スカーレット》」に染まっているのだ——そういう意味合いが、この比喩をとおして鮮やかなイメージとともに伝わってくるようだ。また、犯罪の解決とは人生を「研究《スタディ》」することにつながり、殺人はその研究対象であるという基本的な考え方が、この言葉には表れている。

ホームズが、事件の推理にあたって観察とならんで重視するのは、過去の犯罪データの活用である。犯罪には著しい類似性があり、過去に必ず同じような事件の例があるはずだと、ホームズは考える。「日の下に新しいものはない。すべては繰り返しにすぎない」とホームズが言うとき、そこにはたんなる犯罪捜査の方法論を超えた、人生に関する洞察がうかがわれるのである。

この作品では、空き家でひとりのアメリカ人紳士の外傷のない死体が、続いてホテルの一室でその秘書の刺殺体が、ともに血で書かれたRACHEという文字とともに発見されるという怪事件が扱われる。ホームズはたちまち、これが女性がらみの復讐(Rache《ラッヘ》はドイツ語で「復讐」の意)をねらった犯行であると見抜き、事件の三日後には犯人をつかまえる。この事件から引き抜いた「緋色の糸」は、犯人の供述を加えてすみずみまで明るみに出してみると、恋人とその育ての親を死に至らしめられた男が、長い年月を経て復讐を遂げるという因縁話であったことが明らかになる。作品の中間部を構成する過去の物語は、ガボリオ風の壮大なメロドラマで、のちにホームズ自身も『四つの署名』で、「あの事件で書くに値することは、結果から原因へと分析を進めるという珍しい推理過程だけだった」と回想しているとおり、事件自体は比較的単純なものである。

ホームズにとっては、奇怪な事件というのは、かえって解決の糸口を与えてくれるゆえに単純なのである。「奇怪なことと謎めいていることとを混同してはいけない。最も平凡な犯罪が、最も謎めいていることはよくある。平凡な犯罪には、推理の糸口となる奇異な特徴がないからだ」とホームズは言う。これは、特徴のない犯罪は、他の犯罪との類似性が見出せず、過去のデータを参考にしにくいということを意味しているのだろう。しかし、平凡さのなかに謎が潜むというのは、犯罪に留まらず人生全般についても言えることだ。このように、ホームズの犯罪研究は、つねに「人間学」へと敷衍してゆく傾向が認められるのである。

2　哲学する探偵　「赤毛組合」「唇のねじれた男」「まだらの紐」ほか

小さな事件の奇妙さ

ドイルは、引き続きホームズものとして『四つの署名』(一八九〇)を発表し、一八九一年に医者を辞めて作家業に専念する。編集者ジョージ・ニューンズとの契約により、月刊誌『ストランド』に、ホームズ・シリーズの読み切りの短編が連載され始めると、たちまち大評判となり、ドイルは一躍人気作家へと変貌した。

短編は、新奇なアイデアの導入や、読者の注意を謎に集中させ素早く山場へと導く妙技などにおいて、ドイルの才能を発揮するのに適した形式であった。ことに、最初の一二の短編を単行本としてまとめた『シャーロック・ホームズの冒険』(一八九二)には、ドイルの作品のなかでも最良のものが含まれていると、しばしば指摘される。そこで、この短編集のなかからいくつかの作品を例に挙げながら、ドイルの探偵小説について、人間学的観点からさらに考察を推し進めてみたい。

波乱万丈の冒険に満ちた作品の表面的イメージとは裏腹に、ホームズが生きる実人生の大部分は、平凡きわまりない退屈さの連続である。彼はその退屈な日常生活から逃れるための刺激を求めて、自分は探偵の職業を選んだのだと、ワトソンに明かしている(『四つの署名』)。それゆえホームズは、頭脳を活性化してくれる奇妙な事件であれば、何であれ興味を示すのだ。「奇妙きてれつな事件というのは、大きな犯罪よりもむしろ小さな犯罪に関係していることが多く、時には犯罪と言えるようなことが行われたかどうかさえ疑わしい場合もある」(「赤毛組合」)と、ホームズは言う。実際、『シャーロック・ホームズの冒険』のなかにも、犯罪であるかどうか区別がつかない小さな事件から始まり、意外な犯罪が暴かれるケースもあれば、逆に、はじめは犯罪であるかに見えて実はそうではなかったという小さな事件もある。

前者の代表例は、「赤毛組合」である。質屋を営む赤毛の紳士ウィルソンは、赤毛の男性を募集するという新聞広告を見て、事務所を訪ねる。多くの応募者のなかから選び出されたウィルソンは、毎日数時間百科事典を筆写するだけの単純な仕事に対して法外な報酬を支払われるという条件で雇われる。ところが、八週間目のある日、ウィルソンが出勤してみると、事務所は閉鎖されていて、周囲の人々に尋ねてみても、誰も赤毛組合やその関係者のことを知らないと言う。

ウィルソンは正当な支払いを受け、何ら損害を被ったわけではなかったが、いったい何者が何の目的でこのようなことを企てたのかを知りたいという気持ちに駆られて、ホームズのもとに訪ねて来たのだった。この事件は一見滑稽で、犯罪と関わりがあるのかどうかも定かではない。しかしホームズは、これがウィルソンを毎日質屋から外へ連れ出すことを目的とした企てであることを見抜き、彼の留守中に店番の店員が地下室で何をしていたか、さらに、店が通りのどのような場所に位置しているかといった点に着目し、事件の背後に重大な犯罪が隠れていることを推理することによって、最終的にはお尋ね者の重罪犯人の逮捕に貢献するに至る。

実は犯罪ではなかった

これとは逆の例、つまり、見かけに反して小さな事件を扱った作品も多い。たとえば「唇のねじれた男」では、セントクレア夫人が町に出かけ歩いていると、突然悲鳴が聞こえ、その方向を見ると、目の前の建物の三階で夫が自分に向かって狂ったように手を振りながら、そのまま奥に姿を消してしまう。この光景にぞっとした夫人は、ちょうど通りかかった警官たちとともに建物に駆けつけ、一階の阿片窟を通り抜けて三階に駆け上がり、部屋中探しまわるが、セントクレアの姿はなく、そこを住処にしている気味の悪い乞食がひとりいるだけだった。奥の部屋の窓敷居や床板の上には血痕がついていて、窓から見下ろされる川の底からセントクレアの上着が発見される。このような状況から、ホームズも殺人事件の可能性が高いと見て、謎解きに手間取る。

しかし、推理の結果、ホームズは、容疑者として留置場に拘留されている乞食こそ、セントクレアにほかならないという結論に達する。こうして、家庭では模範的な夫・父親を演じる紳士で、出勤後は乞食に変装して金を稼いでいた男の二重生活が暴き出される。かつて新聞記者をしていたセントクレアは、ある時ロンドンの乞食について取材するために、自ら乞食を演じてみるが、一日中地べたに帽子を置いて座っているだけで稼げる金と、あくせく働いて得る給料とに変わりがないことを知り、楽に金を手にする誘惑に負けて、この生活を始めたのだった。

「これは犯罪ではないが、あなたはたいへん大きな過ちを犯した」と、ホームズはセントクレアに言う。それは彼を信じる妻を欺いたという過ちである。興味深いのは、道を歩く妻と建物の中の夫の目が合った瞬間の描写である。その日の乞食業を終えて、借り部屋で着替えをして帰宅の準備をしていた夫は、「ふと窓から外を見ると、妻がじっと自分のほうを見ているのに気づいてぎょっとし、思わず驚きの叫び声をあげてしまって、両手を上げて顔を覆い隠し、阿片窟の主《あるじ》のところへ飛んで行って、誰も部屋に入れないようにと頼んだのだ」と証言する。

お互いに、先に気づいたのは相手のほうだと思っていること、顔を隠す夫の動作が妻には助けを求める手招きに見えたこと、慌てて逃げ出した夫の動作が、妻には背後から無理やり引っ張られたような印象であったことなど、互いの認識には心理的なズレがある。

だが、そのような刹那にも、妻は夫が出かけたときと同じ上着を着ているのにネクタイをしていなかったことに気づいている。ここには夫婦間の信頼が危機にさらされる一瞬が凝縮されている。人生の断片を切り取り、人間関係や、金と安楽の誘惑に負ける人間の弱点を描いたこの小さな事件の話は、「文学」へと転化しつつある兆しを見せる。

そのほか、結婚式当日に花婿が姿を消す「花婿の正体」や、花嫁が姿を消す「独身の貴族」で扱われる事件も、依頼人にとっては深刻な犯罪の様相を帯びたものだったが、ホームズは話を聞いただけで直ちに真相を見破り、失踪した人物の正体や居所を突き止める。

「人生とは、人間の頭が考え出すどんなことよりも、はるかに不思議なものだ。平凡な日常生活のなかでさえ、とうてい思いもつかないようなことが起きる」(「花婿の正体」)、「奇妙な結果や驚くべき組み合わせを求めるなら、いかなる想像力を駆使するよりも、実人生そのもののなかを探さねばならない」(「赤毛組合」)といったホームズの言葉からもうかがわれるように、彼は人生のなかに潜む謎にかぎりない興味を示す。しかし、その謎が解けると同時に、またもや退屈が忍び寄り、ホームズを襲う。このように、人生の退屈さと不思議さという二つの側面を、ドイルは探偵小説をとおして描いているのである。

潔白を見抜く目

ワトソンはホームズを「この世に存在する最も完璧な観察と推理の機械《マシーン》」と呼び、人間の感情などは、その高性能の機械に混入すると故障を引き起こす異物であって、ホームズとは無縁のものであると言う(「ボヘミアの醜聞」)。しかし、これはホームズの推理が、血の通わない機械的なものであるということを意味しない。むしろ逆に、彼の推理は、人間性の理解に支えられている場合が多い。

たとえば、状況から犯人が確定しているかに見えるような事件であっても、ホームズは容疑者が無実であることを見抜く場合がある。たとえば、「ボスコム谷の謎」では、マッカーシーと、そのあとに続いて銃を脇に抱えた息子ジェイムズが、池のほうへ歩いて行くところや、父子が池のそばで激しく言い争い、息子が手を振り上げて父に殴りかからんばかりのところが目撃されている。まもなくジェイムズが番人小屋に駆け込んで来て、父が死んでいると告げる。遺体の頭には鈍器で殴られた跡があり、その近くには息子の銃がころがっていた。このような状況証拠のもとで、ジェイムズは直ちに逮捕され、マッカーシー殺害犯と評決される。

しかし、ジェイムズが逮捕を告げられたときに驚かず、当然の報いだと言い、そのあとで無実を主張したと知ったとき、ホームズは彼が犯人ではないと判断する。ホームズはその理由を、次のように説明している。

「逮捕されたとき、もしジェイムズが、驚いた様子をしたり怒ったふりをしたりしていれば、ぼくも怪しいと思っただろう。驚いたり怒ったりするのは、そういう状況のもとでは不自然で、やましいところのある人間がいかにも思いつきそうな手だからね。状況を素直に受け入れたということは、潔白であるか、かなり自制心のあるしっかりした人間である証拠だ。当然の報いと言ったのは、父親の遺体のそばに立っていたわけだし、まさに同じ日に、親と口論し、証言者によれば、手を上げて殴りかかろうとするというような、子としてあるまじき行動を取ったことなどを考えあわせると、不自然ではない。彼の発言ににじみ出た自責と悔恨の念は、やましさなどではなく、健全な心の表れであるように、ぼくには思える」

ホームズのこの言葉は、彼が人間の性情と心理に精通し、推理のさいにもそれらを判断材料として重視していることを示している。

同様の例は、「緑柱石の宝冠」でも見られる。銀行の頭取ホールダーは、ある王族から借金の担保として宝冠を預かり、自宅に持ち帰って小部屋の箪笥にしまい、鍵をかける。夜中に物音で目が覚めたホールダーが小部屋に行ってみると、息子アーサーが宝冠を手にして立っていて、力ずくでねじ曲げようとしている。宝冠からは三個の緑柱石がなくなっていて、事の重大さに仰天したホールダーは、警察を呼んで息子を引き渡す。

状況からアーサーの有罪は疑いの余地がないように見えたが、ホームズは、アーサーが父親から泥棒呼ばわりされて激怒したこと、もっともらしい嘘もつかず真相を話そうともしなかったことから、彼が盗まれた宝冠を父のために取り返し、犯人をかばっているのだと見抜く。アーサーがそこまでしてかばう相手は、彼が愛する従妹にちがいない、そして、その共犯者は彼女の恋人にちがいない――なぜなら「女性が恩人に対する愛情も感謝も忘れてしまうほど夢中になれる相手は、恋人以外に考えられないから」。このように述べるとき、ホームズはかなり人情の機微に通じた一面を示していると言えるだろう。

作者ドイル自身も、ホームズに付与した「潔白を見抜く力」をいくぶん共有していたことは、現実に彼が冤罪事件のために闘った経験があることからもうかがわれる。一九〇三年、家畜傷害事件で禁固刑に処せられたジョージ・エダルジ、および一九〇九年、殺人事件で死刑判決を受けたオスカー・スレイターの冤罪を晴らすために、ドイルはホームズ並みの推理と行動力を発揮して、彼らを無罪釈放へと導くことに貢献したのである。

邪悪さへの鉄槌

他方、ホームズは人間の邪悪さを見抜く目も鋭い。

「まだらの紐」では、依頼人ヘレン・ストーナーが、姉ジュリアの不可解な死の原

呼び鈴の綱をステッキで打ちすえるホームズ（「まだらの紐」シドニー・パジェット画）

因を知りたいと、ホームズに助力を求めてくる。姉妹は、亡くなった母親がインドで知り合い再婚した医者ロイロットとともに、イギリスの古い屋敷に住んでいた。結婚式を間近にひかえていたジュリアは、ある夜、苦しみもだえながら「まだらの紐」という謎の言葉を残して死んだが、死因は不明だった。ロイロット博士は気性が激しい人物で、財産上の理由から、義理の娘の結婚を妨害する強い動機を持っている。今度はヘレンが結婚をひかえているのだが、最近屋敷の改修工事が始まったために、亡くなった姉の部屋に移動したところ、姉から話に聞いていた奇妙な口笛の音を、前夜耳にしたという。

以上のような情報を得たホームズは、ヘレンの命が危険にさらされていることを察知し、奇怪な事件の起きた部屋の模様を調査して、ベッドや通風孔、呼び鈴の綱の位置などから、犯罪の手口を見破る。ホームズは部屋に潜んで暗闇の中で異変を待ち構え、夜中に通風孔から綱をつたっておりて来た「もの」を、ステッキでめった打ちにする。すると隣室から悲鳴が聞こえ、行ってみると、博士は「まだらの紐」に頭を巻きつけられて死んでいた。ステッキで打たれた毒蛇は、通風孔から元の部屋に逃げ、本性を呼び覚まされて飼い主に襲いかかったのである。

博士は化学検査で判明できないような種類の毒物を使おうと企み、インドから取り寄せた毒蛇を仕込んでいたのだった。「医者がいったん道を踏み外すと、極悪人になる。医者は図太い神経と専門知識を持ちあわせているのだから」とホームズは言う。彼は、パーマーとプリチャード（ウィリアム・パーマーは一八五六年、エドワード・ウィリアム・プリチャードは一八六五年に、それぞれ毒殺の罪で死刑に処せられた）も一流の医者だったという、歴史上の実例を挙げている。しかし、医者の犯罪は過去に留まらず現代も起こりうるということを考えると、ホームズの言葉は深刻な警句として響く。

彼はまた、「他人を陥れようと穴を掘る者は、自らその穴に落ちる」という旧約聖書の言葉を引いて、ロイロット博士が毒蛇に噛まれて死んだことを、当然の報いであるとする。邪悪さを憎むホームズは、自分が鉄槌を下す間接的な役割を果たしたことに対して、良心の呵責を覚えることはないと言いきる。

ホームズが鞭を振るうとき

「花婿の正体」でも、ホームズは悪人ウィンディバンクが使ったトリックは、「くだらないながら、実に残酷で利己的で薄情だ」と弾劾する。義理の娘の財産を目当てにした男は、娘を結婚させないでおくために、自ら変装して彼女に恋を仕掛け、結婚式の日に姿を消す。こうしておけば、娘の心にいつまでも思い出が残り、ほかの男の求婚を受け入れることはないだろうと期待したのである。法律によって罰することができないため、ホームズは自分が代わって、彼を鞭で打ちすえようとする。すきを見計らって逃げ出したウィンディバンクを見送りながら、「あの男は次々と犯罪を重ねていって、やがては絞首刑になるような大罪を犯すだろう」と予言するのである。

「ぶな屋敷」に登場するルーカッスルも、前妻が娘に遺した財産を当てにして、娘を監禁し、婚約者を屋敷に近づけないために猟犬を飼っているというような残忍な男である。しかし彼は、自ら放った猛犬に喉を噛まれて大怪我をし、それがもとで衰弱してしまう。

このようにホームズの物語では、邪悪さは容赦ない制裁を受ける。しかし、ホームズはすべての犯罪者に対して鉄槌を下しているわけではない。「ボスコム谷の謎」でホームズは、邪悪なマッカーシーを殺害したターナー老人の死が近いことを知り、老人から供述書を預かって、安らかな死を迎えさせようとする。ホームズは犯罪者の不幸な運命に思いを馳せて、プロテスタントの殉教者ジョン・ブラッドフォードの言葉（ホームズがバクスターの言葉と言っているのは誤り）をもじり、「神の恩寵なかりせば、シャーロック・ホームズもかくなるべし」と述べている。このようにホームズは、時として人間の過ちに共感を示すヒューマニストとしての側面も垣間見せるのである。

3　なぜ人々は名探偵を切望するのか　『バスカヴィル家の犬』

ホームズの死

短編シリーズの絶大な人気によって、シャーロック・ホームズの名は急速に英語圏の世界に遍く轟きわたった。しかし、本来ドイルが作家としての成功を願っていたのは歴史小説の分野であり、自分がホームズの生みの親としてのみ記憶されることに対して、彼はつねに苛立ちを覚えていた。母親への手紙にも書いているように、ホームズを「自分がよりよいものに集中する妨げとなる」と考えたドイルは、ホームズを死なせることによって決着をつけようと思い立つ。こうして、第二の短編集『シャーロック・ホームズの回想』(一八九四)の終わりの作品「最後の事件」で、作者はホームズをライヘンバッハの断崖で犯罪王モリアーティ教授と対決させ、滝壺に転落死させる。

「最後の事件」の発表後、『ストランド』誌の購読者数は激減し、出版社には抗議の手紙が殺到した。のみならず、この物語を読んだロンドン市民は、喪章をつけてホームズの死に哀悼の意を表したというエピソードさえ伝わっている。虚構の人物の死に対する読者の反応としては、これは尋常ではない。人々にとって名探偵ホームズは、想像力の世界の住人とは知りつつも、確固たる存在感のある不滅の人物であったのだろう。

ライヘンバッハの断崖でモリアーティと格闘するホームズ（「最後の事件」シドニー・パジェット画）

ホームズを厄介払いしたドイルは、短編集『赤いランプの周りで』（一八九四）や『准将ジェラールの功績』（一八九六）、小説『バーナック伯父』（一八九七）や『コロスコの悲劇』（一八九八）、詩集『行動の歌』（一八九八）をはじめ、第二次ボーア戦争（一八九九―一九〇二年、南アフリカの支配をめぐって、ボーア人（オランダ系白人）とイギリス人との間で行われた帝国主義戦争）中、南アフリカで医療奉仕活動に加わったさい収集した材料をもとにまとめた戦記『大ボーア戦争』（一九〇〇）など、多彩な作品を執筆する。しかしいずれも、シャーロック・ホームズの作者としての評判を超えるほどの成果は得られなかった。

一九〇〇年、ドイルは若いジャーナリスト、フレッチャー・ロビンソンと出会い、彼の故郷ダートムア地方に出没すると言われる黒い猛犬の伝説を聞いて、想像力を掻き立てられ、物語のアイデアを与えられる。ドイルはさっそく『ストランド』誌の編集者に手紙を書き送り、『バスカヴィル家の犬』と題する「驚異に満ちた」シリーズものの物語を、ロビンソンとの合作として発表することを提案した。ところが、先走った姉妹誌『ティットビッツ』は、「まもなくわがコナン・ドイルが、偉大なるシャーロック・ホームズを主人公とした注目すべき物語を、『ストランド』誌に発表してくれるだろう」という記事を公表する。そこで、編集者との交渉の結果、契約金は大幅に釣り上げられ、ドイルは当初の計画を変更して、ふたたびホームズものの物語を書くことになる。

〝ホームズ、カムバック！〟

こうして一九〇一年、『バスカヴィル家の犬』は、物語の誕生に寄与したロビンソンへの献辞を添えて、ドイルの単独作品として『ストランド』誌に連載され始める。ロビンソンがこの作品の創作にどの程度まで関わったかという点については議論の余地があるが、少なくともダートムアに取材に訪れたドイルを迎えるまでに、ロビンソンが合作計画から降りていたことは確かである。また、ドイルは一九二九年に刊行された『シャーロック・ホームズ長編集』の序文で、作品の発端はロビンソンから聞いた地方の伝説にあるが、プロットや物語はすみずみまで自分が創作したものだと述べている。

この物語は、ホームズがライヘンバッハの滝に転落するより前、つまり、彼がまだ生きていた時期に遡り設定されている。ホームズの真の復活は、一九〇三年に発表される短編「空き家の冒険」(『シャーロック・ホームズの生還』収録)まで待たねばならなかった。しかし、読者はいかなる形であれ、ふたたびホームズが登場する物語を読めることに狂喜した。

人々はなぜホームズの物語をかくも求めたのか。最初のホームズ・シリーズ作品『緋色の研究』が出版された一八八七年は、自ら「切り裂きジャック」と名乗る犯人によって、五人の女性が次々と惨殺される事件の起きる前年だった。ロンドンを震撼させたこの連続殺人事件は、ついに捜査当局によって解決されないまま迷宮入りとなり、やがて警察の手を離れて、広く一般の議論をにぎわした。警察制度の拡充にもかかわらず、このような凶悪犯罪や怪事件が次々と起こる世相にあって、現実社会における病弊や人々の恐怖心と結びついたホームズの物語は、大衆の心に深く根を下ろすものだったのだろう。いかなる謎も見事に解き明かしてくれる名探偵は、まさに人々が切望する存在であったにちがいない。

犯罪の統計上の数が減ることはあっても、社会から犯罪が消えることはないし、いつの世にも迷宮入り事件というものはある。現代もなおホームズの人気がすたれないのは、名探偵への切望が人の心に呼び覚まされるような状況が、いまも続いているという現実の表れと言えるかもしれない。

超自然と推理

『バスカヴィル家の犬』の冒頭で、デヴォン州のダートムアからやって来た医者モーティマーが、ベーカー街のホームズとワトソンのもとを訪れる。モーティマーは、最近急死したサー・チャールズ・バスカヴィルのかかりつけの医者で、故人から預かったという古い文書を持参し、そこに記録されたバスカヴィル家の伝説を伝える。

その記録によれば、一七世紀半ばころの領主ヒューゴーは、極悪非道の人間で、近所の娘に情欲を抱き、悪い仲間たちを引き連れて彼女をさらい、屋敷に閉じ込める。娘はすきを見て部屋から抜け出すが、逃亡に気づいたヒューゴーは、犬の群れを放ち、自ら馬に乗って月光のなかを荒れ野に向かう。仲間があとを追って行くと、娘は猟犬に追い立てられ疲れ果てて死んでいて、そのそばに倒れたヒューゴーの体の上に、巨大な黒い獣が乗って喉を食いちぎっていた。それ以来、呪われたバスカヴィル家の一族は、代々魔の犬のたたりに脅かされているという。

そしてモーティマーは、バスカヴィル家の子孫であるサー・チャールズが、生前、この伝説を信じて非常に恐れていたこと、そして三カ月ほど前に、屋敷のそばの並木道で、恐怖に引きつったような形相をして倒れて死んでいるところを発見されたこと、さらには、村人たちの間で、魔犬のような巨大な怪物の姿を荒れ野で見かけたといううわさがあることなどを伝える。故人の遺言受託執行人モーティマーは、残された一族の相続人であるチャールズの甥ヘンリー・バスカヴィルをロンドンで出迎えることになっていたが、呪われたダートムアに彼を連れて行くことにためらいを覚え、ホームズの助言を求めてやって来たのだった。

ホームズは、はじめはこの迷信めいた話に対して無関心だったが、サー・チャールズの遺体のそばに猟犬の巨大な足跡があったということを聞いた瞬間、たちまち興味を示す。科学者でありながら超自然現象を信じつつあるモーティマーに対して、ホームズは次のように述べる。


「ぼくはこれまでのところ、自分の調査を現実世界の範囲に限ってきました。それなりに悪と闘ってはきましたが、悪魔本人を相手に仕事をするのは、たいへんすぎる。しかし、足跡が本物であったことは確かなのですね」　（第三章）

ホームズにとって、足跡という物理的証拠こそ、事件をこの世に結びつける決め手だったのである。超自然現象との間に一線を引き、探偵の仕事の領域を現実世界に定めて、あくまでも理性的に対処しようとする態度が、ホームズのこの言葉からうかがわれる。

相続人に会ったホームズは、サー・ヘンリーがロンドンに到着してから、活字を切り貼りした警告の手紙を受け取ったり、ホテルで新品のブーツの片方が、続いて使い古しのブーツの片方がなくなったりしたという話を、本人から聞く。ホームズは「活字の解析は、犯罪専門家にとって最も初歩的な知識のひとつだ」と言って、手紙の差出人の可能性を絞り込む。そして、新品の靴ではなく古い靴が必要とされたことから、犬にサー・ヘンリーの臭跡を追わせるという犯人の目論見を読み取り、相手にしているのが怪物ではなく本物の犬であるという確証をつかんだのだった。

悪魔の手先は……

山犬の頭部を持つ古代エジプト時代の神アヌビスをはじめ、犬の悪霊の物語は古い時代に遡る。そのような怪奇的なモチーフを導入したこの作品では、超自然現象を信じる人間の性情やそれに対する恐怖感が、重要な要素となっている。そして、事件の犯人は、まさにそうした人の心理を悪用して陰謀を企てたのだった。サー・チャールズが魔犬の迷信を信じていたこと、かつ彼の心臓が弱っていて、ちょっとしたショックで心臓麻痺を起こす危険があったことを知った犯人は、巨大な猛犬を手に入れて密かに飼い、おびき出したサー・チャールズに犬をけしかけたのだった。飼い犬を共犯者とし、自らは殺人犯として告発されることのないよう仕組んだこの手口を、ホームズは「悪魔のような狡猾さ」と呼ぶ。

事件の調査を始める前に、ホームズはワトソンに向かって次のように述べていた。

「悪魔の手先は、血肉でできた者たちだということもあるだろう。ぼくたちが最初に解くべき問題は二つある。第一は、何らかの犯罪があったのかどうか。第二は、あったとすれば、どんな犯罪がいかに行われたのかということだ。もちろん、モーティマー医師の推量が正しくて、ぼくたちが相手にしているのが自然の法則を超える力だとすれば、調査はそこまでだ。しかし、それを拠り所とするのは、ほかのあらゆる仮説を試し尽くしてからのことにしなければならない」

（第三章）

「悪魔の手先は、血肉でできた者たちだということもある」という表現は、人間が悪魔と関わりをも持ちうること、言い換えれば、人間には超自然と紙一重の悪が具わりうることを暗示していると言えるだろう。ここでもホームズは、探偵の仕事の領域が現世に限られていることを明確にしている。しかし、彼が最終的に、超自然現象の存在を否定しているわけではないことが、この言葉からうかがわれるのである。

なぜなら、ホームズが踏み込もうとしなかった「自然の法則を超える力」が支配する世界を、誰よりも信じていたのが、作者ドイルであったからだ。心霊研究会の熱心な会員であったドイルは、弟や息子をはじめ身内の死に次々と遭遇して、ますます霊との交信の可能性を信じるようになり、晩年は心霊主義に関する著作や講演活動を盛んに行った。純粋な理性が支配する推理の世界は、人々の切望にこたえてドイルが構築した、人間にとっての「もうひとつの世界」だったのだと言えよう。

先祖返り――文明の恐怖

ホームズは、サー・ヘンリーの屋敷を訪れ、壁に掛ったバスカヴィル家一族の肖像画を見たとき、そのなかに描かれたひとりの人物に目を留める。物静かそうだが目に悪魔が潜んでいるかに見えるその人物こそ、魔犬伝説の始祖となった極悪人ヒューゴーだった。ホームズが腕を曲げて、肖像画の帽子と巻き毛のあたりを隠してみせると――つまり、「縁取りを取って顔を調べる」という、変装を見破る犯罪捜査のテクニックを使ってみると――そこから、近隣に住む博物学者ステイプルトンの顔が現れる。ホームズは、ステイプルトンが猛犬を使ってサー・チャールズを殺し、いままたサー・ヘンリーの殺害を企てていることを、すでに見抜いていたが、この瞬間、動機という「決め手となる欠けた環」が補われ、謎が解けたのだった。ステイプルトンはバスカヴィル家の一員で、財産相続をねらっていたのである。

ヒューゴーの肖像画がステイプルトンと酷似していることに気づいたとき、ホームズは、「これは肉体・精神の両面に現れた先祖返りの興味深い例だ」と言う。つまり、先祖の顔と邪悪な性癖が、数世代を経て子孫のうえに蘇ったというわけである。

「先祖返り」(throwback)は、この作品のテーマのひとつでもある。先祖のいまわしい伝説が後の世代に繰り返されるという恐怖が、この作品の基調になっているが、その底流には、当時の時代思潮も反映されている。ヴィクトリア朝時代からエドワード王朝時代にかけて、人々は大英帝国の繁栄を誇る一方で、その表面下に隠れた人間の原始的特性の再発を「先祖返り」と呼んで、恐れたのである。

ヴィクトリア朝後期作家トマス・ハーディの小説『ダーバヴィル家のテス』(一八九一)にも、同じテーマが表れる。貧しい娘テス・ダーバヴィルが金持ちの青年アレックの姦計に陥り犯されたとき、語り手は、テスの先祖が農家の娘に対して同じ仕打ちをしたことの因果応報であろうと述べる。また、二〇〇年ほど前のダーバヴィル家の淑女たちの肖像画には、陰険で残忍な性質を示す恐ろしい顔が描かれているが、その誇張された特徴を辿ってゆくと紛れもなくテスの美しい顔立ちが見られると述べられる。作者が書名の副題で「純真な女」と名づけたテスは、不幸な運命に翻弄されてついには殺人を犯し、先祖から受け継いだ形質を露呈するに至るのである。

人間が知的・精神的に高度な水準に達した段階で、あるとき突然、暴力的な本能が蘇り野蛮人へと逆戻りするのではないかという不安は、いかに文明が進歩しても人間につきまとう普遍的心理と言えるかもしれない。ホームズの物語は、そうした文明の恐怖を想起させると同時に、それを具体的な事件という形で解決することによって、一時的にせよ読者の不安感を解消してくれるのである。

ドイルは、ホームズを復活させてほしいという読者の要望に対していったん譲歩したのちは、二度とホームズを厄介払いしようとはしなかった。彼は引き続いて、『シャーロック・ホームズの生還』(一九〇五)、『恐怖の谷』(一九一五)、『最後の挨拶』(一九一七)、『シャーロック・ホームズの事件簿』(一九二七)を発表し、多くの読者たちを熱狂させたのである。

第4章
トリックと人間性
――G. K. チェスタトン――

G. K. チェスタトン(1924 年撮影)

1 凡人探偵の登場 「青い十字架」「奇妙な足音」「飛ぶ星」ほか

着想のきっかけ

ギルバート・キース・チェスタトンは、ディケンズやコリンズと同様、文学史のなかでは通常、探偵小説家として位置づけられることのない作家である。チェスタトンははじめ絵描きを目指し美術学校に進んだが、著述活動に道を転じてジャーナリズムの世界に入ってからは、生涯にわたり論争家としての才能を発揮して、多彩なテーマの記事を定期刊行物などに寄稿し続けた。著述家として彼が活躍した分野は、詩、小説、演劇、伝記、文芸批評、歴史、思想、宗教ほか多岐にわたる。

しかし現代では、チェスタトンと言えばまずブラウン神父を思い起こす人々もいるほど、彼が不滅の生命力をもった探偵を造形したことは、やはり特記すべきであろう。チェスタトンはほぼ四半世紀にわたって、五一編におよぶブラウン神父ものの短編を断続的に書いた。それらの作品は、『ブラウン神父の童心』(一九一一)、『ブラウン神父の知恵』(一九一四)、『ブラウン神父の不信』(一九二六)、『ブラウン神父の秘密』(一九二七)、『ブラウン神父の醜聞』(一九三五)の全五巻の短編集に収められている。

着想の発端は、一九〇三年、チェスタトンがヨークシャーのキーレイで知り合ったローマ・カトリックの神父ジョン・オコナー師とともに、イルクレーへと向かう道中、会話をしながら荒れ野を歩いていたときのことだった。チェスタトンが、近々、悪徳と犯罪に関する論議を活字にするという話をすると、オコナー神父は、犯罪に関する恐るべき知識を披露して彼を驚かせる。「この物静かな愛想のよい禁欲主義者が、私よりもはるかに深くそのような奈落の底を知り抜いていることを知ったのは、不思議に思えた」と、チェスタトンは『自叙伝』(一九三六、没後出版)で回想している。このとき、「ひとりの司祭が何も知らないかに見えて、実は犯罪者以上に犯罪について知っているというような話を作り、悲喜劇的効果を技法的に使ってみてはどうかという漠然としたアイデア」(第一六章)が、チェスタトンの脳裏に浮かんだのだった。

チェスタトンの肖像を手に取るジョン・オコナー神父

ブラウン神父の登場

この着想を実際に形にして、チェスタトンがブラウン神父ものの第一作目、「青い十字架」(『ブラウン神父の童心』)を書いたのは、それからかなりの年月を経た一九一〇年のことだった。この短編のなかで、ブラウン神父が最初に登場する場面を見てみよう。
冒頭では、名探偵の誉れ高いパリ警察のヴァランタンが、大泥棒として名を轟かせていたフランボウを追ってイギリスにやって来て、汽車に乗っている。乗客を観察していたヴァランタンは、エセックス州の小村から乗車してきたひとりの小柄な神父に目を留める。

この小柄な神父は、まさに東部地方のとんまの典型で、顔はノーフォークの団子みたいにまん丸で間が抜けていて、目は北海のようにうつろだった。茶色の紙包みをいくつか持っていたが、それらを一箇所にまとめておくこともできない始末だ。……神父は大きなぼろぼろの傘を持っていたが、それがひっきりなしに床に倒れるのだった。

神父は、ロンドンで開催中の聖体大会に出席するらしく、自分は「青い宝石つきの純銀製の品物を、茶色の紙包みのひとつに入れて持っているから、気をつけなければ」というようなことを、車中の人たちに不用意に吹聴していて、ヴァランタンはその愚かな単純さに呆れかえる。
しかし、ブラウン神父が物語の終わりでふたたび姿を現し、同じく僧服姿に変装したフランボウと並んでヒースの丘に腰をおろして会話している場面では、木陰でそれを聞いているヴァランタンを驚嘆させるほど、俊敏な探偵の技を披露してみせる。ブラウン神父がサファイアつきの銀の十字架を持参して大会に向かっているという情報を得たフランボウは、それを盗もうとして神父に接近して来たのだが、神父ははじめからフランボウを怪しいと考え、犯罪者だという証拠をつかんだうえで、盗まれた貴重品の入った紙包みをこっそり取り返して無事な場所に送り届けておいたのだった。

それらの手法はすべて、多くの人々から罪の懺悔を聴く司祭という立場上得た知識によるものであることを、ブラウン神父はフランボウに説明して聞かせる。フランボウの僧服の袖がふくらんでいたため、以前信者がはめていた「スパイクつきの腕輪」をしているとわかったこと。以前信者から聞いた「本物の包みに似た替え玉を作ってすり替える」という手口を、フランボウが使っているのに気づき、自分ももう一度包みをすり替えておいたこと。それを無事な場所に送り届けるさいに使った手口も、以前信者から教わったものであったこと。

このような豊富な経験上の知識に頼るのみならず、ブラウン神父は自ら鋭い機転も働かせている。相手の正体を確かめるために、彼はレストランで塩と砂糖の容器の中身を入れ替えたり、勘定書きに数字を書き込んで値段を何倍にもしておいたりするが、相手が何も文句を言わなかったことから、人目につきたくないやましい理由があるという確証をつかんだのだった。また、神父は行く先々で、店の壁を汚したり、商品をひっくり返したり、窓ガラスを割ったりするなど、警察が追跡するための手掛りを残しておくというような大胆なことまでやってのける。

ケネス・モアが演じるブラウン神父（イギリスTVドラマシリーズ『ブラウン神父』1974年）

ブラウン神父の原型となったオコナー神父は、穏やかで悪戯っぽい表情をした小柄な男性であったが、アイルランド人で、身なりもきちんとして立居振舞いも優雅であったというから、作中のみすぼらしく不格好な英国東部の田舎者風の神父とは、かなり外観が違う。チェスタトンも述べているとおり、オコナー神父は、知性的な内面において探偵像の源泉となったのだ。チェスタトンは、わざと内面が目立たぬよう、対照的に平凡な外観の探偵を造形したのである。

シャーロック・ホームズ以降の探偵たちは、たいてい大なり小なり、陰影のある鋭い風貌をした「原探偵」の面影を帯びている。しかし、それとはまったくタイプの異なるブラウン神父は、ホームズの影から脱出することに最も成功したユニークな探偵像の代表例とも言えるだろう。現代でもブラウン神父は、ケネス・モア主演のイギリスのテレビドラマシリーズほかさまざまなメディアに登場し、名探偵のひとりとして不動の地位を保ち続けている。

悔悛を説く探偵

ブラウン神父の本業は聖職者で、エセックスの寒村、ロンドン、シカゴ、南米などの任地を転々としているが、行く先々でさまざまな事件に遭遇するという設定で、物語は展開する。彼は職業探偵ではないため、謎解きの本来の目的は、犯人を逮捕することではなく、むしろその罪を悔い改めさせることにある。したがって、このシリーズのなかには、ブラウン神父が犯行を未然に防いだり、犯人を悔悛させたりするというような挿話も含まれる。盗賊フランボウは、ブラウン神父の努力が実って生まれ変わった最大の例である。

「青い十字架」でフランボウの盗みを阻止したブラウン神父は、「奇妙な足音」(『ブラウン神父の童心』)でふたたび彼に遭遇する。高級ホテルの一室で書き物をしていたブラウン神父は、部屋の外から繰り返し聞こえてくる奇妙な足音に気づき、その謎を解く。盗難事件が起きていると推理したブラウン神父は、ホテルから出て行こうとしていた犯人を止め、相手を説得して、盗み出された銀食器を取り返すのである。

フランボウの最後の犯罪となったのは、「飛ぶ星」(『ブラウン神父の童心』)で扱われている盗難事件である。大金持ちのサー・レオポルドが名高いダイヤモンドを所有していることに目をつけたフランボウは、サー・レオポルドがクリスマスに知り合いのアダムズ大佐を訪問することを突き止め、アダムズ家で開かれる道化芝居のパントマイムの余興を利用して、まんまとダイヤモンドを盗んで逃げる。樹に登って姿を隠しているフランボウのところへ、ブラウン神父がやって来て、次のように話しかける。

「ダイヤモンドを返してもらいたいんだ、フランボウ。そして、こんな生活から足を洗ってもらいたい。あんたには、まだ若さと名誉とユーモアがあるが、そんな商売をしていて、それがいつまでも長続きすると思っちゃいかん。人間というものは、善良さを一定の水準に保つことはできても、悪の水準を一定に保っておくことはできない。悪の道は、ただ下るいっぽうだ。親切な男も、酒飲みになると残酷になるし、正直者も、人殺しをすると嘘をつく。私の知っている人のなかにも、あんたのように、最初は正直な無法者や金持ち相手の陽気な盗賊になるつもりだったのが、最後には泥まみれになり果てた者が大勢いる」

ブラウン神父が樹上の泥棒に向かって、「いつかは年をとって、寒々とした心で死を待たなければならないときがくるのだ」「このままゆくと、きっと死ぬまでにもっと卑劣なことをするようになる」と懇々と道理を説いて聞かせると、改心のしるしにダイヤモンドが神父の足もとに落ちてくる。

これをきっかけに泥棒稼業から足を洗い正道に戻ったフランボウは、ふたたび物語で姿を現すときには、ブラウン神父の友人となり、私立探偵に身を転じて再登場するのである。

ブラウン神父の推理方法

ブラウン神父の推理方法には、その職能から、自ずと聖職者としてのものの見方の特徴が表れる。『ブラウン神父の秘密』の最初に、ブラウン神父がスペインで出会ったアメリカ人観光客チェイス氏から、殺人事件の解決方法について尋ねられるという話がおさめられている（「ブラウン神父の秘密」）。その質問に対して、ブラウン神父は、自分は人がどのような精神状態で罪を犯すのかを、犯人の心情が実感できるようになるまで、ひたすら考えるのだと答える。そして、自分が犯人になりきれたときに、犯人が誰であるかがわかるのだと言う。

予期せぬ答えにとまどったチェイス氏が、なおも「探偵科学」へと話を向けようとすると、神父は次のように反論する。

「探偵法が科学《サイエンス》だというのは、どういうことですか？　犯罪学が科学だというような言い方をするのは、どういうときでしょう？　それは人間を外から見て、巨大な昆虫ででもあるかのように調べることです。偏りのない冷徹な光とやらに照らして研究するそうですが、私に言わせれば、そんなものは非人間的な死んだ光にすぎない。まるで先史時代の怪物ででもあるかのように、犯罪者を遠ざけて見たり、〈犯罪者型の頭蓋骨〉を、サイの鼻の角のような異常発達の一種として研究したりするようなやり方です。科学者が〈タイプ〉を云々するときには、自分のことではなく、つねに隣人を問題としている。……私の〈秘密〉と言えるのは、それとは正反対の方法で、人間を外側から見ず、内側から見ようとするやり方です」

ここでは、当時発展しつつあった科学的な犯罪学が批判されている。しかし、これは必ずしもチェスタトン自身の考え方であるとは言いきれない。『ディケンズ伝』(一九〇六)の著者でもあるチェスタトンが最も敬愛した作家ディケンズは、概して、犯罪者を根っからの悪人として類型化した。また、自身のエッセイ「シャーロック・ホームズ」(『ひと握りの作家たち』)にも見られるとおり、チェスタトンが、科学を信奉する探偵ホームズの登場するドイルの作品を、最高の探偵小説として称賛していたことも、確かである。したがって、チェスタトンは独自のミステリー世界の創造をねらって、司祭探偵の推理方法の特色を際立たせるために、あえて他の方法論との差異を強調したのかもしれない。

犯罪者の立場に身を置くという方法を、ブラウン神父は「宗教修行の一法」として位置づけている。その考え方の背後には、すべての人間には罪を犯す可能性があり、神の前では、犯罪者を含めすべての人間の魂が同等に扱われるという宗教理念が前提となっている。チェスタトン自身も、あらゆる思想や哲学の道を探った末に、ついに自分にとって正統な原理として見出したカトリックに、一九二二年に改宗している。しかし、ブラウン神父の物語には、分派的な教義やプロパガンダの要素はなく、宗教色はむしろ淡白であると言ってもよい。もっぱら常識や叡知、ウィット、諷刺といった要素を主とするその物語世界は、世俗の色合いに濃く染まっている。

人間を内側から見て本人になりきるという才能は、また同時に、ブラウン神父の旺盛な好奇心と豊かな想像力によって支えられている。人間に関連するすべての現象を推理の土台とするブラウン神父にとっては、人間によって残された痕跡である物的証拠もまた、興味の対象となる。好奇心と想像力、集中力、細部を観察する力など、多くの点でブラウン神父は、名探偵に共通する資質を兼ね備えているのである。

2　単純な事実がもたらす謎　「折れた剣」「見えない男」「神の鉄槌」ほか

人間の盲点

チェスタトンは、最も多くのトリックを考案したミステリー作家であるとされている。しかし、彼が用いるトリックは、複雑に込み入ったものではなく、むしろ人間性に密着した単純な性質のものが多い。

どんな犯罪も中心はあくまでも単純で、それ自体はまったく当たり前の事実を土台としてい

通りがかりの郵便配達人の肩に手をかけるブラウン神父（「見えない男」シドニー・シーモア・ルーカス画）

るのだが、たんにその単純な事実から注意を逸らされているために、不思議に見えるだけなのだと、ブラウン神父は述べている（「奇妙な足音」）。そこで、「単純な事実から注意を逸らす」という人間の盲点をねらったトリックについて、見てみよう。

「折れた剣」（『ブラウン神父の童心』）は、ブラウン神父とフランボウの問答から始まる。「賢い人間なら小石をどこに隠すか？」「浜辺でしょう」「賢い人間なら木の葉をどこに隠すか？」「森の中でしょう」……「では森がなかったら？」――答えに窮する相手に向かって、ブラウン神父は続ける。「森がなければ、森を作って隠すだろう」と。人間の目を欺くこの単純な策略から、「もし死体を隠さなければならない人間なら、死体の山を築いてそのなかに隠すだろう」という推論を引き出したブラウン神父は、ある英雄の誉れ高い将軍が、なぜ最後の戦闘で無謀な戦術によって戦死者の群れを出し、奇怪な死を遂げたのかという秘密を暴く。

「見えない男」(『ブラウン神父の童心』)では、物理的には目に入っていても、心理的に見えないという現象を扱っている。四人の見張り人が、誰も家に侵入して来なかったと証言しているのに、その間に家の中にいた人が消え、外の運河で死体となって発見される。謎を解いたブラウン神父は、ひとつの単純な事実についての説明から始める。「他人というものは、こちらの言ったことに対して答えないもので、言ったことの意味――というか、そういう意味だと自分が解釈していることに対して答えるのだ」と。この場合、四人の証言者は、問題となっている疑わしい侵入者を誰も見なかったと答えたのである。人目につく制服を着て建物の中に入り、大きな袋を抱えて出て行った郵便配達人は、あまりにも見慣れているために注意を払われず、心理的に除外されて見えなくなったのである。

「銅鑼《どら》の神」(『ブラウン神父の知恵』)では、殺人は淋しい場所で二人きりのときより、群集の中で、しかもみなが他のものに注意を奪われているような瞬間に行われたほうが、目立たないという考え方が、中心に据えられている。「人間はひとりきりだと思うと、かえって本当にひとりきりなのかどうかが、怪しく感じられるものだ。ひとりきりというのは、自分のまわりに誰もいない空間があるということで、それだけ空間のまんなかで人目につきやすいということになる」とブラウン神父は言う。ある海岸地方で休暇を過ごしていたブラウン神父は、群集のなかから生贄を出す「銅鑼の神」と呼ばれる秘儀を行う宗教秘密結社が潜伏していることを知り、これから開催されるボクシング大会の試合中に観客のなかから死者が出るだろうと予想する。そこで、神父は試合を中止するように説得し、事件を未然に防いだのだった。

目の前にいとも簡単な方法があったゆえに罪を犯す。そういう種類の「トリック」が用いられた事件を例に挙げてみよう。

トリックの誘惑

「神の鉄槌」(『ブラウン神父の童心』)では、ノーマン・ボーハン大佐が、かぶっていた鉄の帽子もろとも頭を打ち砕かれて、鍛冶屋の庭で死んでいるところが発見される。第一の容疑者となった鍛冶屋は、事件が起きたとき不在でアリバイがあった。そばにあった凶器が小さなハンマーであったことから、女性の犯行であるとの疑惑が生じたが、第二の容疑者となった鍛冶屋の妻には、とうていそのような怪力が振るえるはずがなかった。わざわざ小さなハンマーを選んで怪力を振るうとすれば、犯人は知能が低いのだということになり、最終的には、村に住む精神遅滞者ジョーに容疑がかかる。しかし、真犯人を見抜いたブラウン神父は、大佐の弟である牧師ウィルフレッド・ボーハンを説き伏せて、警察に自首させる。

鍛冶屋の隣にはゴシック建築の教会がある。ブラウン神父は、その尖塔を上り、頂上のバルコニーでウィルフレッド師と二人きりになったとき、次のように事件の真相を暴いてみせる。牧師は自堕落な兄に会って殺意を覚え、思わずハンマーを手にしたが、それを服に隠して教会に駆け込み、ひたすら祈禱し続けた。しかし、頂上のバルコニーから下を見下ろし、大佐の帽子が地を這う虫けらのように見えた瞬間、牧師の魂のなかで何かが切れた。自分の手中にある重力という「恐るべき自然のエンジン」を使って、彼は鉄槌を落としたのだった。「目のくらむような場所にいると、世界が足もとで車輪のように回っているような目眩を覚え、自分が神であるかのような気がしてくる」と、ブラウン神父は説明する。この場合、ウィルフレッドの魂の糸をぷつんと切ったのは、「高所」という誘惑だったのである。

「ヴォードリーの失踪」(『ブラウン神父の秘密』)では、サー・アーサー・ヴォードリーが散歩に出かけ、村の床屋で顔を剃ってもらっていたときに、惨事が起こる。この床屋はタバコ屋を兼業していて、ちょうどその店にサー・アーサーの秘書スミスとドールモンが通りかかり、タバコを買いに立ち寄った。ドールモンは、サー・アーサーが後見をしているシビル嬢の婚約者で、表向きはサー・アーサーの世話になっているのだが、実は、裏では彼から弱みを握られ、悪巧みに利用されて破滅の瀬戸際に立たされていた。ドールモンが店の表のショーウィンドーにあるタバコを注文すると、床屋のウィックスがタバコを探しに店の表に出て来た。その隙に、店の奥にウィックスが置いた剃刀と、理髪用の椅子におさまっているサー・アーサーの頭が、ドールモンの目に入る。とっさにドールモンは剃刀を取ってサー・アーサーの喉を切り、カウンターに戻ってタバコを受け取って、表で待たせていたスミスと帰宅する。それはほんの一瞬の犯行だった。

この事件を複雑にしたのは、弱みのあった床屋が、自分が犯人であると疑われることを恐れて、死体を袋に隠し店の裏の川に流したために、死体が遠くの場所で発見され、殺害の行われた場所が不明になったことと、犯人に同伴者がいてアリバイ証言が成立したことだった。発見された死体の顔に半分ひげが剃り残されていたことから、ブラウン神父は床屋に思い当たり、それが糸口となって真相発見に至ったのである。

この事件の場合、犯人にとって誘惑となったのは、目の前に剃刀があり、剃刀を持った手が顔の上に来ても安心しきって待ち受けている敵がそこにいるという光景であった。しかも、犯人にとって、誘惑と戦う猶予は一瞬しかなかった。いわゆる「魔が差す」というのは、こういう瞬間のことを言うのだろう。

だまし絵の仕掛け

人間にはある状況を見たとき、先入観から固定的な解釈に捉われてしまう場合がある。しかし、見方を変えれば別の絵柄に見えてくる——そうした一種の「だまし絵」が仕掛けられたような事件の例を挙げてみよう。

「三つの凶器」(『ブラウン神父の童心』)で、サー・エアロン・アームストロングは、足にロープを巻きつけたまま屋根裏部屋の窓から転落死しているところを発見される。従僕は、事件の直後に屋根裏部屋に駆けつけたとき、娘のアリス・アームストロングが血のついたナイフを手に握ったまま気絶して倒れていたと証言する。これを聞くと秘書のロイスは、自分が殺人犯であると自白する。警察がロイスの私室である屋根裏部屋に上がってみると、たしかにそこには、拳銃や酒びんなどがころがっていて、絨毯には弾丸を撃ち込んだ跡があり、窓の敷居には死体にからまっていたのと同じロープが掛っている。

一見いかにも血なまぐさい惨劇の跡のようだが、ブラウン神父は、死因が転落であるにしては凶器が多すぎるということに着目し、これが殺人事件ではないことを解明する。アルコール中毒に苦しんでいたサー・エアロンは、部屋に死の道具をまき散らして自殺を決行しようとしたが、偶然そこへ入ってきたロイスは、拳銃をひったくって弾丸を床に撃ち込んで空にし、窓のほうへと突進するサー・エアロンの手足をロープで縛って、投身自殺を食い止めようとしたのだった。騒ぎに気づいて駆けつけたアリスは、ロイスが父を殺そうとしているものと勘違いして、床のナイフを拾い上げ、父を助けようとしてロープを切り落とし、気を失ったのだった。結果的にアリスが父を死なせることになったことを、本人に知らせまいとして、彼女を愛するロイスは真相を隠そうとしたのである。

この事件の場合、真実の「絵柄」を見えなくした原因は、たんに凶器が散らばった現場の状況だけではなかった。サー・エアロンは、世間では愛想のよい陽気な人物という評判だったので、殺人事件と見なされた当初でさえ、このような人気者が殺されるのはまるで「サンタクロース殺し」のようだと人々を驚かせた。ましてやサンタクロースのような明るい人物にも人知れぬ悩みがあり、自殺する可能性があるということは、人々の念頭から除外されてしまったのである。

「グラス氏の失踪」(『ブラウン神父の知恵』)では、職業不詳の下宿人トッドハンターの部屋から、彼と「グラス」と呼ばれる男とが激しく言い争う声が聞こえてくる。下宿屋の娘から異変の知らせを受けたブラウン神父と犯罪学者が部屋に入ってみると、トランプがテーブルの上に散乱し、ワイングラスが割れて床に散らばり、刃物とシルクハットがころがっていた。部屋の隅には、まだ息のあるトッドハンターがロープを巻かれ、口にスカーフを嚙まされてころがっていたが、グラス氏の姿はなかった。

犯罪学者は、格闘の犠牲者はグラス氏のほうで、トッドハンターは彼を殺して死体を隠したあと、自分が犠牲者であるように見せかけようとして、自分でロープを縛りつけたのだと推理する。それに対してブラウン神父の結論は、「やっとトッドハンター氏の職業がわかった」というものだった。かけ声をかけながら「グラス」を投げて受け止める曲芸、腹話術、帽子とトランプを使った手品、剣を飲み込む奇術、縄抜け術など、すべては彼の職業のために必要な練習だったのである。これは、犯罪学的な見方が、日常的な状況を歪めてしまうという誤謬を示した例であると言えよう。

「飛ぶ星」では、道化芝居の上演中に拍手喝采を浴びつつ登場し殴り倒された「警官」が、本物の警官であることに観客たちは気づかない。これは、芝居という一種のだまし絵を見る者が、現実を劇の一場面と取り違えてしまうという人間の錯覚を巧みに利用したトリックである。

3　ブラウン神父の影　『木曜の男』『詩人と狂人たち』『ポンド氏の逆説』

チェスタトンとミステリー

ブラウン神父シリーズの第二巻目『ブラウン神父の知恵』を出版したあと、チェスタトンはコナン・ドイルと同様、自分の作った探偵小説の主人公に飽きてしまったようである。そのころチェスタトンは大病を患い、回復後も、戦死した弟セシルの急進的な雑誌『新証人』の編集の仕事を引き継ぐなど、多忙をきわめていた。自らの雑誌『週刊GK』を創刊し、財政難に陥ったチェスタトンは、一〇年余りぶりにブラウン神父を再登場させることを決意し、『ブラウン神父の不信』を刊行する。ブラウン神父はホームズのように作者に殺されたわけではなかったので、生き返らせる必要はなかったが、これまでのギャップの期間については、「宣教師と教区司祭の中間的な任務」で南アメリカ北岸地域に派遣されていたというふうに、短編集の冒頭の物語で説明される(「ブラウン神父の復活」)。

チェスタトンは、妻から銀行預金の残高が減ってきたと言われると、「じゃあ、またブラウン神父を書くか」と、ため息まじりに答えたという。このように、ブラウン神父シリーズが経済的理由により書かれたという事情から、チェスタトンが探偵小説を低く見ていたとする向きもある。しかし、序章で取り上げた評論「探偵小説弁護」にも見られるとおり、チェスタトンが優れた探偵小説の文学的価値を認めていたことは確かである。

また、チェスタトンの二作目の小説『木曜の男』(一九〇八)や、『ブラウン神父の童心』の翌年に出版された小説『マンアライヴ』(一九一二)も、風変わりなミステリー仕立ての長編小説である。そのほか、『奇商クラブ』(一九〇五)、『知りすぎた男』(一九二二)、『詩人と狂人たち』(一九二九)、『四人の申し分なき重罪人』(一九三〇)、『ポンド氏の逆説』(一九三六)などの短編集も、探偵小説的な色彩が濃厚である。したがって、チェスタトンの文学自体のなかに、「ミステリー」へと向かう特性が、少なからず含まれていたと言えるのではないだろうか。

そこで、ブラウン神父譚のほかの作品で、「ミステリー」性がどのような特色となって表れているかを、いくつか例を挙げて見てみたい。

ファンタジーから探偵小説へ――『木曜の男』

『木曜の男』は、チェスタトンの小説のなかでしばしば最高傑作とされる。この作品は、「ひとつの悪夢」という副題に示されているとおり、夢という枠組みのなかで展開する荒唐無稽な物語である。しかし、夢のなかで主人公ガブリエル・サイムは、スコットランド・ヤードの機密部隊に属する刑事として登場し、無政府主義の秘密結社に潜入するスパイとなって不思議な組織の謎を解く。したがって、この小説はファンタジーの世界に包まれた探偵小説とも言えるのである。

世界の破壊を企てている無政府主義結社は、その中枢として、七名の代表者からなる評議会を形成している。七名のメンバーはそれぞれ曜日名で呼ばれていて、最高責任者である議長が〈日曜〉、書記が〈月曜〉、以下〈火曜〉から〈土曜〉まで、ポーランド人、侯爵、老教授、若い医者など多彩な人物が任務を担っているが、空席となった〈木曜〉には、詩人を名乗るサイムが後継者として選ばれる。秘密結社の会合で、ロシア皇帝とフランス大統領の暗殺計画について話し合ったあと、〈日曜〉は〈火曜〉がスパイであることを暴露して彼を追放し、秘密の漏洩を避けるために、爆弾を仕掛ける任務を〈水曜〉と〈土曜〉に命じる。

残された〈金曜〉がサイムを怪しみ追跡し始める。その結果、実は〈金曜〉もスパイであったことがわかり、互いに正体を明かし合った二人は、協力して暗殺計画の阻止を試みる。その過程で〈土曜〉、続いて〈水曜〉、そして最後には〈月曜〉もスパイであったことがわかり、結局、〈日曜〉以外のすべてのメンバーが刑事であったことが判明する。

そのあと、六名の刑事たちが力を合わせて、逃走する〈日曜〉をあてどなく追跡する終盤にさしかかると、物語はますます白昼夢的な奇抜さを増してゆく。〈日曜〉の正体が神と犯罪者、英雄と悪漢、味方と敵、慈愛と冷酷さ、光と闇など、相対立するものを混交した途方もなく巨大な存在であることがわかり始めたところで、サイムは夢から覚める。

　この結末からは、あらゆる二項対立を超克するという作者の壮大な構想がうかがわれるが、作品の成功は、それをミステリー形式で提示したことに起因するといってもよい。なぜなら、この小説の最大の面白さは、疑心暗鬼が生ずるなか、探偵たちがそれぞれ互いに相手を探り合いながら、徐々に謎を解明してゆくプロセスにこそあるからだ。

　敵と想定していた相手が実はみな味方で、全員が探偵であったというアイデアは、いかにもチェスタトンらしい斬新な、それでいて単純なトリックである。また、恐怖の世界に諧謔と諷刺を混ぜ合わせるというやり方は、チェスタトン独自の方法であり、彼の探偵小説に通底する特色であると言えよう。

詩人ガブリエル・ゲイルの推理――『詩人と狂人たち』

　『詩人と狂人たち』には、ガブリエル・ゲイルが探偵を演じる物語が八編収められている。詩人でかつ画家でもあるゲイルは、自らも述べるとおり、「実際的なことにはまったく不向きな人間」であるが、精神を病んだ人や狂った人たちに親近感を抱き、「彼らが次に何をし何を考えるかが、だいたいわかる」という才能の持ち主である(「おかしな二人連れ」)。ゲイルの性癖や思考様式には、常人とは異なった風変わりなところがあり、たとえば、「いつもふと、ひとつの石ころとか一匹のヒトデとかいうような小さなものを眺める癖があり、そういうやり方によって初めて何かを学び取ることができる」という特徴も、そのひとつである(「ガブリエル・ゲイルの犯罪」)。

奇妙な人々によって引き起こされた奇怪な事件を扱うこの作品集では、常識や科学よりも、むしろそのようなゲイルの特殊な才能が、謎解きにあたって威力を発揮することになる。ここでは、そのなかから一例として、「鱶《ふか》の影」を取り上げてみよう。

学問・芸術のパトロンである富豪サー・オウエン・クラムの海辺の邸宅で、神学生や詩人画家、医者、元牧師などが集まり、それぞれの専門や道楽をめぐって話の花を咲かせる。その後日、海岸の砂浜で写生をしていたサー・オウエンが刺殺され、その周囲に彼自身の足跡以外、足跡が見当たらないという怪事件が起こる。警察に逮捕されたのは、元牧師ブーンだった。ブーンは牧師を辞めたあと各国を旅行し、いまや半人半魚の神ダゴンを崇拝する宗教に取りつかれている。事件が起きた早朝、ブーンが砂浜の彼方の断崖のうえで腕を振り回すという呪術じみた振る舞いをしているところが目撃されていたため、彼が南洋の島で手に入れた飛び道具を放ち、それを手元に戻らせるという方法で犯行を行ったものと推定されたのである。

しかし、ゲイルがそれに反論して名指した真犯人は、生物学を趣味とし、目下、博物館建設計画のために水族館の標本集めに熱中している医者ウィルクスだった。博物館に寄付される予定のサー・オウエンの遺産をねらっていたウィルクスは、満潮の海の中を歩きながら生物の採集をしていたとき、サー・オウエンの背後から採集用の網を頭にかぶせ引き寄せて殺害し、そのあと波が犯人の足跡を完全に消し去ったのだと、ゲイルは謎を解き明かす。

ゲイルの推理の出発点となったのは、小さなものにこだわるといういつもの癖で、彼が死体の足元のすぐそばにいたヒトデに目を留め、四肢を広げて倒れているサー・オウエンがヒトデに似ているという連想に悩まされたことだった(ちなみに、ヒトデが砂浜の高い場所にいたのは、もともと採取網についていて投げ出されたのだと、ゲイルはあとで思い至る)。犯人は、自分の目に入ったひとりの人間をどのような目で見たのか? まるで海岸にいるありきたりの生物であるかのように人を見て、標本を採取するかのようなやり方で人を捕らえ犯行をなしえたのは、どのような種類の人間か? このような問いを突きつめていったとき、ゲイルはサー・オウエンの邸宅で、ウィルクスと交わした会話を思い出す。

「花について話すのは陳腐だが、あるがままに見た花は、つねに驚くべき存在だ」というゲイルの主張に対して、ウィルクスは、「ひとつの花は、ほかのすべての花と同様、生育したものにすぎず、器官やら何やらが具わった生物で、その内部は、動物の体内よりも美しいわけでも醜いわけでもない」と反論した。そしてこの科学者は、ブーンが「たかがくだらぬ魚の物神《フェティッシュ》に大騒ぎしている」といって嘲笑したのだった。

理論と人間

ゲイルは結論づける——そういう人間こそ、万物の内に神が存在するという考えを否定する人間で、人を見てもたんに器官をさらけだした有機体としてしか見ず、何ら畏敬の念も感じることなく、平気で獲物のように人を網に掛けることができる人間なのだと。だから、ブーンのように自分を敗北者だと思っている善良な人間には、このような非道な犯行はなしえないと、ゲイルは断言する。

さらにゲイルは、次のように、人間に関する持論を示している。

「現代人の大半は、おかしな矛盾を犯している。やたらたくさんの理論を持っているくせに、実生活において理論が果たしている役割については、まったくわかっていない。いつも気質とか環境とか偶然とかいったことばかり問題にしているけれども、実際には、大方の人間は、自分の理論通りの者になっているものだ。罪を犯すのも、結婚するのも、あるいはただぶらぶらと時を過ごしているのも、自分が主張し前提としているなんらかの人生理論にもとづいているのだ」

つねに人間の心に目を向けることから始めるゲイルは、犯人の精神状態について考え、その人間がどのような独自の理論に基づいて犯行に及んだかというふうに考えを推し進める。この事件の場合、ゲイルに浮かんできた犯人像は、単純で野蛮な理論によってものの見方が狂ってしまい、花の美しさや、すべての生物を包んでいる光輝を理解することができなくなってしまったマニアックな人間の姿だった。このようにして、ゲイルは犯人を見出し、その人生理論にもとづいたトリックを引き出すのである。

外見は平凡ながら賢者であるブラウン神父と比較すると、詩人ゲイルは内外両面ともに風変わりな奇人の様相を帯びている。しかし、犯罪者の立場に身を置きその精神状態を理解しようとする基本的姿勢や、鋭い直感と豊かな想像力、そして帰納的方法よりもむしろ理論から演繹する推理方法など、両者の探偵としての資質には、多くの共通点が見出されるのである。

事件は証明する――『ポンド氏の逆説』

ジャーナリズムの世界で論争家として活躍したチェスタトンがよく用いた戦略は、一般通念をひっくり返し論敵の弱点を突くという「逆説」の方法だった。チェスタトンのあらゆる著作にこの逆説の特色が表れていることは、しばしば指摘されている。ブラウン神父シリーズをはじめとする彼の探偵小説でも、同様の傾向が見られることは言うまでもないが、チェスタトンが最後のミステリー作品に、自ら「逆説」という表題を掲げたことは、注目に値すると言えるだろう。

『ポンド氏の逆説』は、温厚で礼儀正しい官吏ポンド氏が、知人との談話のなかで、奇妙なエピソードを披露するという形式の物語が八編収められた短編集である。語り手「私」は子供時代、父の旧友の名前から庭の池《ポンド》を連想し、ふだんは平凡でこじんまりと整い静かだが、時として様相を変え、表面下に潜む怪物をちらつかせる人物であるというイメージを抱く。まさに名前自体に逆説を含んだかのようなポンド氏は、そのイメージ通り、正常な話をしている最中に、突如、奇妙な放言を差し挟んで、聞き手を驚かせるのである。

物語では、まずポンド氏が常識を覆すような命題を提示し、そのあと具体的な事件の例証をとおして、逆説が正論であったことを立証するというようなパターンが取られる。たとえば、「部下が忠実すぎたために、上官の思い通りにならなかった」という逆説(「三人の騎士」)。これは、ある将軍が囚人を死刑にしようとして執行命令を通達する伝令を送り、他方、それを阻止する伝令に対して刺客を送ったところ、結局、囚人が釈放されてしまったという出来事をとおして、例証される。上官に忠実な第一の伝令が、第二の伝令を射ち殺したとも知らず、刺客は、前方を行く第一の伝令に向かって誤って発砲してしまったのだ。

ここでは、ことに探偵小説的色彩の濃厚な作品「学者の意見が一致するとき」を取り上げてみよう。この物語でも、ポンド氏はまず、幸いにも人はめったに意見が一致しないもので、完全に意見が一致したために相手を殺すということがある、というような逆説的な見解を示して、一座の人々を驚かせる。彼はその例証として、ある殺人事件の話を始める。これは事件のなかにもうひとつの事件が組み込まれた複雑な重層構造を持つ話である。

豊かなミステリー世界へ

まず発端は、社会福祉政策に反対する反動的な政治家ハッギスが殺害されたという事件から始まる。この事件が世間の注目を集めていたころ、ちょうど当地に居合わせたポンド氏は、あるパーティーに参加し、事件の謎をめぐる論議に加わった。出席者には、犯罪学の研究を道楽にしている主人役のグレーノキー侯爵、探偵小説を読むのが趣味であるレディー・グレーノキーをはじめ、警察部長マクナブ、法廷弁護士ブラウン、故ハッギスの論敵であったキャンベル博士、博士に師事している医学生アンガスなどがいて、銘々が容疑者をめぐってそれぞれ自説を主張し合う。その最中に、キャンベル博士とアンガスが論争を始め、途中でホステス役のレディー・グレーノキーが話に割って入ったために、話の行方がうやむやになってしまう。ところが、この出来事のあとしばらくたってから、アンガスがキャンベル博士を殺害する。この第二の殺人事件こそ、二人の意見が完全に一致したために起きた事件の例だったのである。

会話の中断が起こったとき、ちょうどキャンベル博士とアンガスは、人民の福祉を妨げる者を殺すのは正か邪か、十戒は正邪の基準となるかといった問題をめぐって、意見を対立させていた。彼らは二人きりになってからもこの論争をとことん続け、ついには、十戒を信じていたアンガスが、公共の福祉のために一個人を犠牲にすることを是とするキャンベル博士の意見に同調するに至った。そのときアンガスは、ハッギス殺しの犯人である博士を殺害したのである。

この作品の面白さは、主筋よりもむしろ中心からそれた脇道の部分にある。パーティーに参加した多彩なメンバーが、謎解きをめぐって、それぞれ自分の趣味や職業的立場から意見を披露する箇所は、人間の個性を見事に描き出していて、次章で取り上げるアガサ・クリスティーの物語世界を彷彿させるようだ。

また、グレーノキー夫人が途中で口を挟んで、他人の会話を中断させてしまったというところで、ポンド氏はいったん物語を停止する。「会話とは、軽やかで希薄で取るに足りない、脆くて壊れやすいものだからこそ、尊ぶべきもの」であり、「いったん粉々になると、破片を集めて復元することはできない」と、ポンド氏は憤慨する。この箇所は、物語のなかでは脇道で、人間の行為に関する論議としてもそれ自体面白いが、同時に事件の謎と関わるドラマチックな部分でもある。

このように、語りのなかに幾重にも事件や挿話、ドラマなどを仕掛けつつ人間性を描いた本作品を見ても、チェスタトンが、より広やかなミステリー世界の開拓を試みているさまがうかがわれる。こうして、コナン・ドイルに至り第一級レベルへと研ぎ澄まされていった英国ミステリーは、チェスタトンによってじっくり文学的養分を与えられ、より滋味豊かな世界への広がりを示すことになったのである。

第5章

暴かれるのは誰か

― アガサ・クリスティー ―

アガサ・クリスティー(1930年代撮影)

1　解明のプロセスで起こること　『アクロイド殺し』ほか

ミステリーの女王の誕生

シャーロック・ホームズ・シリーズの成功後、英米を中心に、数多くの探偵小説作家たちが競って作品を世に出し始め、一九二〇年から三〇年にかけて探偵小説は黄金期を迎えた。この時代以降に活躍した無数のミステリー作家たちのなかから、英国古典探偵小説家と呼ぶべき代表者をあとひとり選ぶとすれば、アガサ・クリスティーをおいてほかにはないだろう。

クリスティーは生涯のうちに、七六の小説、一五八の短編小説、一五のドラマ、その他数多くの作品を世に遺した。しかし、ここで重要なのは、たんにクリスティーが二〇世紀で最も多作な、世界的ベストセラー作家であったということだけではない。伝統的な英国探偵小説の底流をなす「人間性の探究」という特色が最もきわだった形で受け継がれているからこそ、クリスティーの作品は古典と呼ぶにふさわしいのである。

クリスティーは恵まれた家庭環境で、少女時代から両親の蔵書をむさぼり読みながら育った。彼女の文学的才能を培ったのは、イギリスのディケンズ、サッカレー、ウォルター・スコットや、フランスのジュール・ヴェルヌ、アレクサンドル・デュマをはじめとする数多くの作家たちの物語世界である。しかし、なかでも将来のクリスティーにことに大きな影響を与えることになったのは、彼女が一三歳のころ、姉マーガレットに語り聞かされて知ったシャーロック・ホームズの物語であった。はじめに志していた音楽家への道をあきらめたあと、彼女の心のなかに探偵小説を書きたいという希望が芽生えたのも、コナン・ドイルによる影響が大きかったと言えよう。

第一次世界大戦勃発直後に軍人アーチボルド・クリスティーと結婚したアガサは、夫をフランス戦線に送り出したあと、故郷トーキー(イングランド南西部の海岸保養地)の篤志看護病院で、最初は看護婦として、のちに薬剤師として働いた。薬局勤めのころ、探偵小説を書こうと思いついたクリスティーは、仕事の合間に構想を練り始める。まず彼女が最初に考えたのは、「私は毒薬に取り囲まれているのだから、方法としては毒殺を選ぶのが自然だろう」ということだった。続いて、田舎屋敷を舞台にした家庭内の事件にしようと、クリスティーは計画する。

ポアロの登場――『スタイルズ荘の怪事件』

そしていよいよ、いかなる探偵を創造するかという問題へと移る。戦時中にベルギー人の亡命者集団を見かけたことのあったクリスティーは、警察を引退したベルギー人の私立探偵にしようと思いつき、次のように頭のなかで人物像を育ててゆく。

几帳面な小男。いつも物を整頓して、一組に揃えておき、丸くではなく四角にまとめておきたいという、几帳面な小男の姿が目に浮かぶ。そして、彼は非常に頭がよくなくてはならない——灰色の小さな脳細胞の持ち主でなくてはならない——これはよい表現だからぜひ覚えておこう——そうだ、彼には灰色の小さな脳細胞があるのだ。

(『自叙伝』第五部第三章)

クリスティーは、この探偵をエルキュール・ポアロと名づけることに決める。そして、ドイルにならって、ワトソン的な物語筆記者として、探偵の引き立て役となる退役負傷軍人ヘイスティングズ大尉を語り手に据える。早速、執筆を始めたクリスティーは、物語のなかで旧友ポアロに再会したヘイスティングズに、次のように語らせることによって、ポアロ像のイメージを結実させている。

ポアロは風変わりな小男だった。身長はせいぜい五フィート四インチくらいだが、物腰は堂々としていた。頭の形は卵そっくりで、いつも少し首をかしげている。口髭はぴんとはね上がって軍人風だった。身だしなみが驚くほどきちんとしていて、ちょっと埃がついただけでも、まるで銃弾の傷を負ったといわんばかりの騒ぎようだった。いまはかなり足が弱っているが、この風変わりでダンディな小男は、かつてはベルギー警察で最も名高い人物だったのだ。刑事時代にはその並はずれた才能を発揮し、当時の難事件を次々と解決して成功をおさめたものだ。

（『スタイルズ荘の怪事件』第二章）

ポアロは、シャーロック・ホームズとは異なったタイプの探偵として創造された。ポアロの特性は、その滑稽な外観や仰々しい慇懃な態度が醸し出す喜劇的雰囲気によって、真相を解明する彼の鋭利な能力が巧みに隠蔽され、犯人や容疑者たちを油断させてしまう点にあると言えるだろう。

クリスティーは、半分ほど進んだ時点で二週間の休暇をとり、ダートムアのホテルで一気に後半を書き上げる。しかし、四、五箇所の出版社に送った原稿は、次々と返送されてきた。ようやく最後の一社から出版契約の連絡が届いたのは、夫アーチボルドが帰国してロンドンに引っ越し、娘が生まれ、家庭生活に追われてすっかり原稿のことを忘れていたころだった。こうして、クリスティーの最初の探偵小説『スタイルズ荘の怪事件』が、一九二〇年に出版されたのである。

クリスティーは、決してひとつのものに安住するタイプの作家ではない。それは、彼女の変化に富んだ人生についても、また、彼女の文学の内容や形式についても言えることである。

消えたヘイスティングズ——『アクロイド殺し』

クリスティーの第二作目『秘密機関』(一九二二)と第四作目『茶色の服の男』(一九二四)は冒険物語、第三作目『ゴルフ場殺人事件』(一九二三)と第五作目の短編集『ポアロ謎を解く』(一九二四)ではふたたびポアロとヘイスティングズが登場するが、第六作目『チムニーズ館の秘密』(一九二五)では新しい探偵バトル警視が登場するといったように、彼女の物語世界は一作ごとに変転する。

そして、クリスティーの名を一躍高めることになった第七作目の『アクロイド殺し』(一九二六)が発表されたとき、読者は、ポアロが登場する探偵小説が、必ずしもヘイスティングズによって語られるという定型に縛られているわけではないことを知る。ヘイスティングズは、結婚してアルゼンチンに移住してしまったことになっている。彼はのちに、いくつかの事件でポアロと再会することになるが、ホームズにとってのワトソンのように、つねに探偵とともにある助手ではない。

この作品でヘイスティングズに代わって語り手役を務めるのは、キングズ・アボット村に住むジェイムズ・シェパード医師である。未亡人フェラーズ夫人が睡眠薬を飲みすぎて死亡し、その翌日、夫人と再婚話のあったファーンリー荘の主人ロジャー・アクロイドが殺害される。

そのころシェパードの家の隣に隠居してかぼちゃ作りの道楽に専念していたポアロは、遺族からの依頼によって引っぱり出され、警察の捜査に協力することになる。フェラーズ夫人のかかりつけの医師で、アクロイドの友人でもあり、両者の死亡診断を行ったシェパードは、ポアロから「あなたは私の友ヘイスティングズの代わりに、神様が遣わしてくださった方にちがいない」と協力を仰がれ、探偵と行動をともにすることになる。

寡黙な語り手

ポアロがヘイスティングズを懐かしむと、シェパードは、自分もヘイスティングズを真似て今回の事件の記録をとっていたと明かす。「将来、出版する機会があるかもしれないと思って、章に分けておいた」という全二七章からなる手記のうち、第二〇章まで書いたところで、シェパードはポアロの求めに応じて原稿を見せる。これを読んだポアロは、次のような感想を述べる。

「ヘイスティングズは、こんなふうには書きませんでした。彼の場合には、どのページにも〈私〉という言葉がたびたび出てきました。私はどう思ったとか、私は何をしたとか。しかし、あなたはつねに、自分というものを背後に引っ込めていらっしゃる。前面に出てこられるのは、ほんの一度か二度で、それも家庭生活の場面だけですね」　（第二三章）

ポアロが指摘するとおり、語り手シェパードは、自分に関係する部分になると妙に沈黙する傾向がある。とはいっても、シェパードも「私」についてまったく語っていないわけではない。私は「ためらった」、「好奇心をもった」、「驚いて叫んだ」、「ゆっくり話した」、「重々しく尋ねた」、「しばらくの間答えなかった」、「咳払いした」、「目を伏せた」等々、彼はおりおり自分の心の動きや動作を記述している。ただ、なぜそのように感じ行動したのかという理由が説明されることがめったにないのだ。

この語り手の異様な寡黙さに気づくとき、勘のよい読者なら、作者がヘイスティングズを退散させたのには、何かわけがあるということを察し始めるのである。

暴かれる容疑者たちの秘密

事件の起きた当日、シェパードはファーンリー荘の晩餐に招かれ、食後に書斎でアクロイドから深刻な相談を受ける。アクロイドが前日に婚約者フェラーズ夫人を訪問したとき、夫人は自分が前夫を毒殺したこと、その秘密を知っているある人物から恐喝されていることを打ち明けたあと、自殺したのだという。この相談中に、執事パーカーが、亡きフェラーズ夫人からの手紙をアクロイドに届けに来る。約束通り脅迫者の名前を知らせてきたはずのその手紙を、アクロイドはひとりで読みたいと言い出し、シェパードは屋敷を辞去する。帰宅後、シェパードはアクロイドが殺されたと告げる謎の電話を受け取り、ふたたびファーンリー荘に駆けつけて、執事パーカーとともに書斎に入り、アクロイドが刺殺されているのを発見したという。

事件の当日、ファーンリー荘にいたのは、ロジャー・アクロイドの義妹セシル・アクロイド夫人、その娘フロラ、アクロイドの友人ブラント少佐、執事パーカー、秘書レイモンド、家政婦ミス・ラッセル、小間使いアーシュラ・ボーン、その他数名の使用人であった。彼らの証言をもとに、殺人の状況や死亡推定時刻などが絞られてくるが、いずれの人物にも容疑の可能性があった。不在だった人物のなかでは、アクロイドの亡妻の連れ子ラルフ・ペイトンと、アクロイドと別れて帰る途中にシェパードが門番小屋のあたりですれ違った男との二人が、容疑者に加えられる。ことにラルフは、金に困り義父の遺産を当てにしていたこと、アクロイドの書斎の窓敷居から彼の靴跡が発見されたこと、事件後姿を隠していることなどから、最も有罪の可能性が高いとされる。

しかし、何事も疑ってかかるポアロは、関係者を等しく嫌疑の対象とする。彼はファーンリー荘の住人たちを一同に集めて、次のように言い渡す。

「ここにおられるみなさんは、私に何かを隠していらっしゃる……それは重要ではなさそうな、ごく些細なことかもしれないし、事件とは無関係に思われることかもしれません。しかし、実は関係があるのです。一人残らず何か隠し事をしておられる。そうでしょう?」

（第一二章）

このあと、ポアロの予告通り、容疑者たちの秘密がひとつひとつ暴かれてゆく。セシル・アクロイド夫人は、事件の起きた日の午後、義兄アクロイドが机の引き出しにしまっている遺言書をこっそり見て、その現場を小間使いアーシュラ・ボーンに目撃されていた。パーカーは、「脅迫」という言葉を小耳にはさんでから、ゆすりの材料を求めて、たびたび書斎の会話を立ち聞きしようとしていた。フロラは、アクロイドの寝室の簞笥から金を盗み、階段を降りて来たところをパーカーに気づかれまいとして、書斎のドアのノブに手を掛け、ちょうどいま伯父に会って出てきたところだと、彼に偽って告げた(この証言のために、死亡推定時刻にずれが生じる)。ミス・ラッセルには隠し子がいて、事件当夜、金の無心に母親を訪ねて来たのだが、それが、シェパードが門番小屋ですれちがった男だった。レイモンドは、借金で困っていたところ、アクロイドが遺産の分け前を遺してくれたおかげで、窮地を逃れることができた。木訥なブラント少佐までが、ラルフと婚約しているフロラに対して、恋心を隠していた。

アーシュラ・ボーンは、ラルフと密かに結婚していたが、ラルフが経済的な理由から継父の言うとおりフロラと婚約したため、取り乱してアクロイドに暇をとりたいと申し出、夫と喧嘩別れしたままであることを、ポアロに打ち明ける。そして、ついにポアロに居場所を発見されたラルフが姿を現す。彼はそれまでシェパードの世話で、精神病患者と偽って町の療養所に身を隠していたのだった。

このように、犯罪捜査のプロセスで、ほとんどすべての容疑者たちの秘密が暴かれることになる。ポアロは、それらの秘密を材料として、ジグソーパズルのピースを埋めてゆくように、事実を順序立てて配列するという方法によって、謎を解明するのである。

最後に暴かれるのは誰か

ポアロは最後に、容疑者全員を自分の家に集めて、自分はこのなかに犯人がいることを知っていると申し渡し、翌日自分が警察に真相を知らせる前に自白するようにと警告する。一同が退散したあと、ひとりあとに残ったシェパードは、「犯人は誰なのですか?」と問う。

それに応えてポアロは、推理の道筋を一歩一歩辿り、犯人がアクロイドを殺害して書斎を出たあと、いかに録音器、ラルフの靴、電話などの道具を使って事実を隠蔽するための工作を仕掛けたかを説明する。これらすべての事実が指し示すただひとりの人物、すなわち、フェラーズの死因をネタに夫人を恐喝し、その秘密が暴露されることを恐れてアクロイドを殺した犯人とは、シェパードにほかならないのだと、ポアロは結論づける。

これを聞いたときのシェパードの反応は、まず沈黙、そして笑い、最後はあくびだった。そして、ポアロと別れたあと、彼は「弁明」という一章を書き加える。そのなかで彼は真相を明かし、手記をポアロ宛てに遺して服毒自殺をするつもりであることをほのめかす。自分の犯した罪に対する反省の言葉はついに述べられないまま、最後は「それにしても、エルキュール・ポアロが隠退して、かぼちゃ作りなんかにやって来なければよかったのに」という一文で締め括られる。こうして語り手シェパードは、徹底して欺瞞を貫き通すのである。

語りの行間を読む

しかし、これはあくまでも他人に読まれることを意識して――最初は一般読者向けの出版物として、のちにはポアロへの陳述書として――書かれた手記であり、語り手が自分の真の姿を偽装しているということを、考えあわせなければならない。犯人を知ったうえでふたたび読み直してみると、この作品には、心に後ろ暗いものを持つ人間が、いかに追いつめられてゆくかが、行間から読み取れるように、作者によって周到に仕組まれていることがわかる。

たとえば、アクロイドから、フェラーズ夫人が何者かから恐喝されているという話を聞いたとき、シェパードは「突如、ラルフ・ペイトンとフェラーズ夫人がいっしょにいて、互いに顔を近づけ合っている光景が目の前に浮かび、一瞬不安で胸がどきどきした」と述べている。これは一見、ラルフが恐喝者ではないかという不安のように読めるが、実は、フェラーズ夫人がラルフに秘密を打ち明けたのではないかという不安だったのである。

フロラが、ポアロに捜査依頼をしたいと相談しに来たとき、シェパードは初めて隣の隠居老人の正体を知り、「そういう人だったのですか」とゆっくり答え、いろいろ理由を挙げて反対を唱える。そのときシェパードは、内心まずいことになりそうだとおびえていたはずである。理髪師だろうと思いこんでこの隣人と初めて会話を交わしたとき、相手が自分の職業は「人間性を研究する仕事」だと言ったことを、シェパードは改めて思い出していたかもしれない。

ポアロとの会話のなかで、シェパードの姉カロラインは、弟の性格が弱いことを指摘して、シェパードを苛立たせる。するとポアロは、「あるひとりの男のことを考えてみましょう——ごくふつうの男で、殺人など考えたこともないのだけれども、どこか性格に弱いところがある……」と話を始める。男は金に困っていたところ、偶然、ある秘密をつかみ、金を得る絶好の機会を目の前にして欲望に負け、次第に貪欲になり、もはや以前の自分とは違った人間になってゆくというストーリーが展開されてゆく。それを聞いたシェパードは、「彼の言葉が生み出した印象を、私は言い表せそうもない」と述べる。それは、自分の真実の姿を暴き出される拷問のような経験であったはずで、言い表せないのはしごく当然なのである。

フェアであろうとなかろうと……

この作品は発表直後から、大きな反響を引き起こした。ワトソン役は読者を裏切らないというそれまでの前提を大胆に打ち破った『アクロイド殺し』が、フェアかアンフェアかという問題をめぐって、読者の意見は二分された。

アメリカの批評家エドマンド・ウィルソンは、一九四五年に『ニューヨーカー』誌に発表した評論「誰がアクロイドを殺そうとかまうものか」で、同時代の探偵小説と熱狂的なミステリー・ファンを痛烈に批判した。実はこの評論には、クリスティーの名はいっさい出てこない。ウィルソンはこれに先立ち、「なぜ人々は探偵小説を読むのか」と題する評論を前年に同誌に発表し、そのなかでクリスティーの探偵小説を「文学的に読むに堪えないもの」と批判しているが、彼が実際に読んだ作品として挙げているのは、『死が最後にやってくる』(一九四五)——紀元前の時代を舞台としたクリスティーの唯一の歴史ミステリー——一作のみである。にもかかわらず彼が『アクロイド殺し』を、探偵小説批判論のタイトルにあえて掲げたのは、誰がアクロイドを殺したかという問題をめぐる論争が、当時いかに白熱していたかを、逆照射しているとも言えるだろう。

論争はいまだに続いている。これは換言すれば、探偵小説を小説の一形式として認めるか、それとも小説から絶縁したゲームと見るか、という考え方の相違の表れとも言えるだろう。なぜなら、ゲームやスポーツはフェア・プレーを第一条件に掲げるが、小説で問題となるのは、フェアであるか否かではなく、技法的に一貫しているか破綻しているかという点にあるからだ。本来、小説の語り手は必ずしも信頼できるとは決まっていない。小説批評家ウェイン・ブースは、語り手の言葉が真実として受け止めることが可能な場合を「信頼できる語り手」、読者の疑いを引き起こす場合を「信頼できない語り手」として分類した（『小説の修辞学』）。信頼できない理由は、語り手の性格や理解力の限界に起因する場合や、語り手が意図的に事実を粉飾している場合などさまざまであるが、その見極めは読者の力量に委ねられている。概して、「信頼できない語り手」を用いた小説では、真偽の判断力を具えた高度な読者を想定して書かれている場合が多い。

したがって『アクロイド殺し』は、ミステリーの形をとった小説の一形式として見るならば、実に巧みに人間性を描いた作品と言えるのである。ウィルソン流の無責任な言い回しを借りるならば、文学的価値という観点から見ると、「フェアであろうとなかろうとかまうものか」ということになる。

2　人間を裁けるか　『オリエント急行殺人事件』ほか

クリスティー失踪事件

『アクロイド殺し』が発表された一九二六年は、クリスティーにとって、作家としての名声が確立すると同時に、彼女の人生に暗い影を落としたという点でも、大きな転機をもたらした年であった。同年に母クララが死に、悲嘆に沈んだアガサと、不幸や悲しみを嫌う気質の夫アーチボルドとの間に亀裂が深まってゆく。突然アーチボルドから、愛人がいるので離婚してほしいと告げられて、アガサは絶望に陥り、それが有名な一一日間の「失踪事件」へとつながる。

「スタイルズ荘」と名づけられた自宅からアガサが姿を消し、翌朝、車で一時間ほど隔たった田舎道に、彼女の車が乗り捨てられているのが発見された。たちまち警察の捜査が始まり、ミステリー作家の失踪事件は、各新聞に大きく報道された。自殺説や夫による他殺説など、さまざまな憶測が飛び交うなか、アガサは列車でヨークシャーの保養地ハロルドに行き、そこのホテルに滞在しているところを、一〇日目に発見される。対面した夫アーチボルドの説明によれば、アガサは「完全に記憶喪失になっていて、自分が誰か、夫が誰か、自分がどこにいるのかもわからない」という状況だったという。

その後、精神科医の治療によってアガサは記憶の大半を取り戻し、二年後にアーチボルドと離婚する。失踪の理由については、夫への報復、自作のプロット実験、世間の注目を引くための狂言など、さまざまな説が唱えられている。伝記作家ジャネット・モーガンは、精神医学者たちの見解にしたがって、「ヒステリー性遁走」による記憶喪失、すなわち、「大きなストレスを負った人が、自分のアイデンティティーを完全に忘却することにより、堪えがたい圧迫から逃れようとする作用」や、催眠状態に陥りやすい「夢遊症」などに、その原因を帰している。しかし、真相はいまだ明らかにされていない。

いかにもミステリー作家に似つかわしい劇的な挿話であるかのように、この謎の事件に好奇の目を向ける人々は多い。しかし、そうした群集心理によって見落とされがちなのは、クリスティー自身が心に深い傷を負ったことにより、人間性への洞察が深化したこと、それが以後の彼女の作品にも反映しているということである。独創的なトリックの創出が続けられる一方で、クリスティーの探偵小説はさまざまな人間の側面を描きつつ広がり深まっていった。彼女がその後、メアリ・ウェストマコットという別名で、『愛の旋律』(一九三〇)、『未完の肖像』(一九三四)、『春にして君を離れ』(一九四四)をはじめとする、ミステリー以外の長編小説を書き始めたのも、偶然ではなかったかもしれない。

そして語り手「私」はいなくなった
──『オリエント急行殺人事件』

娘ロザリンドが寄宿学校に入り、家族の世話から手が離れたクリスティーは、中東旅行に出かける。一九三〇年、二度目にイラクを訪れたクリスティーは、古代都市ウルの発掘キャンプで一四歳年下の考古学者マックス・マローワンと知り合い、結婚する。この幸福な結婚生活は、クリスティーの死に至るまで四六年にわたって続いた。

自らも考古学に興味を持つようになったクリスティーは、発掘シーズン中には夫の調査旅行に同伴し、イラク、エジプト、シリアなど各地に滞在した。この海外体験により、彼女の作品の舞台は、イギリスの村や屋敷の外へも拡大してゆく。いわゆる「海外もの」に分類される代表作には、『メソポタミヤの殺人』(一九三六)、『ナイルに死す』(一九三七)、『カリブ海の秘密』(一九六四)などがある。

ここでは、旅行中の列車そのものを舞台設定とした物語『オリエント急行殺人事件』(一九三四)を取り上げてみよう。ふたたびポアロが登場するが、この作品には「私」と名乗る語り手が存在しない。文学批評上で言うと、「全知の語り手」が、主としてポアロの目を通して得た情報を語るという形で、三人称形式がとられているのである。ワトソン=ヘイスティングズ型の語りの定型がまたもや打ち破られていることからも、クリスティーが何か新しいことを試みようとしていることは、およそ察しがつく。

シリアで事件に携わっていたポアロは、ロンドンに帰国する用事ができて、イスタンブール=カレー間のオリエント急行の寝台車に乗り、三日間のヨーロッパ横断旅行に旅立つ。厳寒の季節に似合わず汽車は混んでいたが、ポアロは鉄道会社の知り合いブークの口利きで、ようやく車室を確保する。同じ車両に乗り合わせた一三名の客は、さまざまな国籍・階層の人々よりなり、ポアロは車内で見かけた彼らの様子を詳細に観察し始める。とりわけ、アメリカ人老紳士ラチェット氏に関しては、その柔和な物腰の背後に悪魔のような性質が潜んでいることを直観し、彼から護衛を依頼されたとき、ポアロは即座に申し出を断る。

翌朝、ラチェットが車室で刺殺体となって発見される。犯行は深夜、汽車がユーゴスラヴィアで雪に閉ざされ立ち往生していたときに行われたものと推定され、車室の窓の外の雪に足跡が残っていないこと、隣が食堂車と連結車で誰も通過していないことから、同車両内での殺人であると推定された。つまり、ラチェットとポアロを除く乗客一二名と車掌をあわせた一三名のなかに、犯人がいるものと考えられた。ポアロは、別車両のブークと医師コンスタンチン博士の助力を得ながら、容疑者たちを取り調べ、ユーゴスラヴィアの警察当局が到着する前に、事件を解明する。

「私」と名乗る一人称の語り手は、探偵の頭の中身を別にすると、ほぼ同じ情報を探偵と共有しているのが、通常のスタイルである。この作品の場合、被害者と同じ車両にいたポアロもまた、事件前後の状況の目撃者のひとりである。しかし作者は、ポアロの相棒を同じ車両に同乗させて情報を共有することを、許そうとしなかった。つまり、密室のなかにいる人間は、ポアロ以外、誰ひとり信じてはならないということが、この作品では前提になっているのである。

動機の問題

ラチェットの死体に一二もの刺傷があり、そのなかに深い傷と浅いかすり傷、右手によって刺されたものと左手によるものとが混ざっていたことから、犯人が単独ではない可能性がまず浮かび上がる。また、それぞれの人物のアリバイ証言が、みな思いもよらぬ人物によって申し立てられるという点で奇妙に一貫性があるために、犯人を限定することが不可能であることに、ポアロは気づく。そこから彼は、これが綿密に計画された犯行で、種々雑多な乗客たちがみな事件に関係があること、客の少ない季節に車両が満員になった理由はそこにあるということを、結論として導き出す。

乗客たちをつなぐ関係とは何か？　その問いを解く手掛りとなったのは、被害者の車室で焼き捨てられた黒こげの紙の切れ端から、ポアロが読み取った「デイジー・アームストロング」という文字である。それはアメリカの誘拐事件で殺された幼児の名前だった。莫大な身代金を要求されたうえに三歳の娘を殺されたアームストロング夫人は、そのとき妊娠していたが、死産ののちに死に、夫アームストロング大佐もその後を追ってピストル自殺したのだった。

ポアロは、ラチェットがデイジー・アームストロング殺害事件の犯人で、金力によって死刑を免れたカセッティであったと見抜く。そして、「プロデューサーが配役を決めるように、それぞれの人物にアームストロング劇中の役を割り当ててゆく」という方法によって推理する。アームストロング夫人の親族、名付け親、アームストロング大佐の友人、付き人、同家の家庭教師、料理人、お抱え運転手……というように、ポアロはすべての人物を関連づける。そのなかで最も疑われやすい人物ひとりを除いた「陪審員」役の構成員一二名たちが、悪人カセッティの死刑を執行したのだった。

この事件の犯人たちの動機は、金銭や私欲を目的としたものではなく、法によって罰を免れた犯罪者を、自分たちの手で裁こうという考えであった。彼らがそれを公正な動機と信じていたことは、この事件のさまざまな特徴からうかがわれる。第一は、この犯罪が儀式的な性質を帯びていることである。陪審員制度を模して一二という数にこだわったり、睡眠薬で意識を失った敵を、老若男女が銘々一度ずつ刺すというやり方をとったりしていることなどに、それが表れている。

第二に、彼らは自分たちのみならず、無関係な人物にも嫌疑がかかることのないように、努めて事件を混乱させるように仕組んでいる。それゆえ、彼らの証言には、架空の人物以外の人間に不利となるような要素は、いっさい含まれていないのである。

第三に、彼らはできるだけ卑劣な言動を避けようとしていて、必要以外のことでは、嘘をついたり隠し事をしたりしていない。事件の起きる前から、乗客のひとりでおしゃべりなハバード夫人は、ラチェットについて「あの男を見るとぞっとする」「あの男が人殺しをしたと聞いても、私はちっとも驚きませんよ」と、ポアロに言う。ラチェットの秘書マックイーンは、ラチェットの死を告げられたとき、驚いたり悲しんだりするふりをせず、生前の主人に対する印象を尋ねられたときも、「私は彼が嫌いでしたし、信用もしていませんでした。きっと冷酷で危険な人物だったのだと思います」と、ポアロに率直に述べる。ポアロから、ラチェットがアームストロング誘拐事件の犯人であったと知らされたときには、ほとんどの人物が、「悪魔のような人間」、「当然の報い」、「この殺人は賞賛すべき出来事」というように、本心を語っている。また、彼らはいったん正体を言い当てられたときには、逃げまどわない。卑怯な態度を取るまいとする何か凛とした姿勢のようなものが、彼らにはうかがわれるのである。

ポアロの迷い

この探偵小説には、独特の哀調が漂っている。その原因のひとつは、物語の題材が、現実に起きた事件からとられていることにある。初の大西洋単独飛行に成功したチャールズ・リンドバーグと、『海からの贈り物』などの作品で知られる夫人との間に生まれた一歳の息子が、一九三二年に誘拐殺害された。全米に衝撃を与えたこの事件は、子女誘拐犯に死刑を科する「リンドバーグ法」制定のきっかけとなり、容疑者は一九三六年に死刑に処せられた。小説のなかのアームストロング誘拐事件で、クリスティーは、それを私的制裁の物語へと変容させ、人を裁くという問題について問い直したのである。

レイモンド・チャンドラーは、この作品の謎解きは「頭の切れる読者を狼狽させ、間抜けにしか思いつかないもの」と揶揄した(「単純な殺人の技巧」)。しかし、鋭敏な読者が最も衝撃を受けるのは、ハバード夫人の正体が明らかにされる悲しい瞬間ではないか。彼女は二言目には、娘がどうしたこうしたというおしゃべりを、始終続けているが、その「娘」が、実は故アームストロング夫人を指していたということが最後にわかる——そのときクリスティーの人物造形の見事さに讃嘆の念を抱く読者が、「間抜け」であろうとはとうてい考えられない。

ポアロは謎を解いたうえで、犯人たちを裁くことが道義的に正しいかどうか、判断に迷う。

彼は二つの解答を用意して、一同に披露する（図版は、映画『オリエント急行殺人事件』で、ポアロが乗客一同を前に推理を展開している場面である）。そのあと彼は、ブークとコンスタンチン博士に選択を委ねる。第一は、外部の犯人が列車の停車中に殺人を行って逃げたという答えで、第二は、彼の突き止めた「真相」である。結局、選ばれたのは第一の解答だった。こうして、私立探偵ポアロは、雪に閉ざされた汽車という密室構造を「トリック」として用いて、真相を闇に葬ったのである。

アルバート・フィニーが演じるエルキュール・ポアロ
（イギリス映画『オリエント急行殺人事件』1974年）

埋もれた罪の問題——『そして誰もいなくなった』

『オリエント急行殺人事件』に劣らず奇抜なトリックを用いた『そして誰もいなくなった』（一九三九）で、クリスティーはふたたび「被害者＝かつての加害者」という設定を用いて、罪の問題をさらに追究した。

まず、この作品の第一章を読むと、語りの手法の奇妙さに驚かされる。八名の登場人物が、それぞれインディアン島へと向かっている道中の様子が、同時進行で代わる代わる描き出される。しかも、それぞれの人物の心理、いや、意識の断片までが、映し出されるのである。この語り手はいったい何者か？　物語中の「私」が存在しないので、もちろん形式上「全知の語り手」であることは確かだが、たとえばひとりの探偵の目を通して見るというように、焦点が限定されることはなく、文字通り遍く見渡すことのできる神のような存在なのである。その語りの調子が、この作品の恐怖感をいっそう高めることになる。

なぜなら、インディアン島を買い取って大邸宅を建てたという「オウエン夫妻」から招待されてやって来た八名の人物たちは、間もなく、自分たちが恐ろしい理由で招かれたことを知るからだ。互いにまったく無関係な八名の客たちと、邸宅の使用人夫妻を含めた一〇名は、誰ひとりオウエン夫妻を知らず、みな過去に誰かを死に至らしめたことがあるという共通点を持ち合わせていたのである。レコードに吹き込まれた声は、一〇名の罪状を読み上げる。それらは、交通事故や戦場での死、水死、有罪判決、医療ミス等々、すべて法律の枠内では埋もれてしまう「罪」であった。そのようなばらばらの秘密を知っているオウエン夫妻とは、いったい何者か？　姿を現さないこの招待者は、まるで裁きの神であるかのような超人性を帯びるのである。

最も罪深いのは誰か

この作品には、複数の探偵が存在する。一〇名のなかには元警部、判事など、犯罪に関する専門家や、死因を判定できる医者なども交じっている。また、それぞれが互いに警戒し推理し合っている点では、チェスタトンの『木曜の男』のように、全員が探偵役を演じているとも言える。「一〇人のインディアンの少年」の童謡通り、ひとりずつ殺されてゆくに及んで、彼らは自分たちのなかに犯人がいることに気づき、生き残った者たちが団結して調査・推理しつつ、互いに疑惑の目を向ける。

息づまるような緊迫した恐怖感のなかで、彼らは自分の犯した罪の記憶を反芻する。良心の呵責に苛まれて意気阻喪する者、やむをえなかったのだと自己弁護する者、あくまでも自分は正しいと信じる者、開き直る者など、反応はさまざまであるが、犯人を除くすべての人物が、追いつめられて命を奪われる。こうしてクリスティーは、法律の枠外での「罪」に対する裁きの問題を追究してゆく。

そして島に誰もいなくなったあと、警視庁で捜査が始まり、犯人の自白書が海中に漂っていた瓶の中から発見される。犯人は、罪を犯した人間が苦しむのを見ることに対して病的な快楽を味わうという特性の持ち主だった。そのため、慎重に人々の身辺調査を行い、罪の軽い者から順に殺してゆくという周到な計画を練ったのだった。自らを神のごとき裁き手であると奢り、殺人を快楽とする者。得意げな口調で自分の「芸術」を披露するその者こそ、最も罪深い人間ではないか。順番からすると、実際に最後に死んだ自分こそ、いちばん罪の重い人間になるということを、自ら露呈しつつ、犯人がそれに気づいていないところに、何とも言えない皮肉がこめられている。

3　誰かに似ている犯人　『火曜クラブ』ほか

クリスティーは、ポアロのほかにも何人かの名探偵を生み出している。冒険好きでユーモラスな若夫婦トミーとタペンスが探偵コンビとなった作品には、『秘密機関』『ＮかＭか』『親指のうずき』『運命の裏木戸』、短編集『おしどり探偵』の五作がある。また、突然姿を現したり消したりする不思議な探偵ハーリ・クィン（短編集『謎のクィン氏』ほか）や、悩み相談所を開いて依頼人の問題を解決するパーカー・パイン（短編集『パーカー・パイン登場』ほか）、ロンドン警視庁の大物バトル警視（『七つの時計』『ゼロ時間へ』ほか）など、みなそれぞれ個性豊かな探偵たちである。

ミス・マープルの人間研究――『牧師館の殺人』

しかし、ミステリーにイギリス小説的特性を最も色濃く持ち込んだ探偵と言えば、ミス・マープルの右に出る人物はいないだろう。セント・メアリ・ミード村に住む老婦人ミス・ジェイン・マープルは、『牧師館の殺人』（一九三〇）で最初に登場する。この作品の語り手は、村の牧師クレメントである。彼は、殺人現場となった牧師館の住人であるばかりではなく、職業柄、教区の住人たちのことをよく知っている。

村には、暇を持て余して近所の人々の私生活を詮索したりうわさ話をしたりすることを趣味にしている有閑夫人たちがいるが、そのなかのひとりミス・マープルが、群を抜いて頭が切れる人物であるということを、牧師は見抜いている。「ミス・マープルは、ほとんどすべてのことを見聞きしているばかりか、自分が注目した事実から、驚くほど適切な推論を引き出す」と述べて、語り手クレメントは彼女に対して畏敬の念すら示すのである。

ミス・マープルはクレメントに、自分の趣味は「人間性の研究」であると明かして、次のように述べている。

「ちょっと異常だという人は、いくらでもいます。実際、よく知り合ってみれば、ほとんどの人が異常ですよ。ごくふつうの人が世間を驚かせるようなことをすることもあれば、変わった人がしごく健全でまともだということもあります。実際、ただひとつの方法は、人を、それまでに知っていたり出くわしたりしたことのある人たちと、比べてみることですわ」　（第二六章）

このように、人間にはみな多かれ少なかれ異常性が含まれていて、互いに似ているという基本的な考え方にもとづいて、ミス・マープルは、人間観察によって得た知識をもとに類推するという方法をとる。セント・メアリ・ミード村で起きた出来事についてすべて知り尽くしている彼女にとっては、人間性を研究するには、その材料だけでじゅうぶん事足りるのである。

現実と小説

この事件では、被害者が嫌われ者で、殺人の動機を持つ人物が数多くいたことや、事件前後に奇妙な出来事が多発したために、警察の捜査が難航する。しかし結局、ミス・マープルが謎を解き、それまで彼女を軽視していた警部や刑事部長を脱帽させることになるのである。

事件直後に最も怪しい人物が狂言めいた自首をし、いったん無実の証拠が浮かび上がり釈放されたあと、さまざまな容疑者が次々と浮かび上がってくるが、結局、犯人は最初の容疑者だったという「意外な結末」に終わるのだ。これは、「意外な人物が犯人」という探偵小説の常道の裏をかいたやり方で、ミステリーを読み慣れた読者がまんまと引っ掛かってしまうトリックである。この結末について、ミス・マープルは次のようにコメントしている。

「小説のなかでは、犯人はつねに最も意外な人物だということは、私も知っています。でも現実の生活では、そんな法則が当てはまったためしがないのですよ。現実には、わかりきったことが真実であるという場合が、非常に多いのです」（第三〇章）

「事実は小説ほど奇ならず」ということを小説自体によって示す――これは、平凡な日常生活を描くことを重視するイギリス小説の伝統的な特色のひとつであるとも言えるだろう。

クリスティーは『自叙伝』で、自分がいつどのように、また、何からヒントを得てミス・マープルを創造したのか、はっきり覚えていないと言う。「ミス・マープルは、いつの間にかそっと私の生活のなかへ入り込んできたので、彼女がやって来たことにほとんど気づかないほどだった」(第九部第二章)と彼女は述べる。言い換えると、この老婦人は、それほどまで自然に、クリスティーの現実生活のなかに溶け込んだ人物だったのである。

ミス・マープルが後々までも活躍し続け、ポアロの競争相手になろうとは、作者自身でさえ、当初は予想していなかったようだ。

探偵の資質とは？——『火曜クラブ』

ミス・マープルが次に登場するのは、一九三二年に発表された短編集『火曜クラブ』(原題『一三の問題』)においてである。一三話からなるこの短編集は、素人探偵としてのミス・マープルの地位を不動のものとすると同時に、このあとに続く数多くのミス・マープル・シリーズの原型を形成したという点でも、重要な作品である。

第一話「火曜クラブ」の冒頭は、ミス・マープルの家に集まった五人の客たちのひとりレイモンド・ウェストが、「未解決の謎」とつぶやくところから始まる。レイモンドは、ミス・マープルの甥で、作家を職業としている。彼は『牧師館の殺人』にもすでに登場していて、田舎をばかにし、「セント・メアリ・ミード村は淀んだ水たまりだ」と言って、〝ジェイン伯母さん〟（ミス・マープル）から、「顕微鏡で見れば、淀んだ水たまりの一滴の水ほど生命に満ち溢れたものはありませんよ」とたしなめられたことがある。

この短編でもレイモンドは、「未解決の謎を最もよく解くことができるのは、どういう種類の頭脳か？」という問いを一同に提示し、想像力の不足した刑事よりも、「ものを書くことによって人間性の洞察力が与えられた」作家のほうが、謎解きに秀でていると、自信を誇示する。このときもミス・マープルは、現実の人間は、レイモンドの小説に書かれているほど不快な存在ではなく、「多くの人たちは、悪人でも善人でもなくて、ただとても愚かなだけよ」と、一言口を挟んでいる。

ほかの客たちも黙ってはいない。想像力を重視するレイモンドの考え方に対して、元スコットランド・ヤードの警視総監サー・ヘンリー・クリザリングは、「それは素人の見方だ」とはね返し、弁護士ペサリックも、そういう考え方は危険だと指摘する。「証拠を偏りなく選り分けて、事実を事実として眺めることが、真相に到達するためのただひとつの論理的な方法だ」と主張して、ペサリックは、弁護士としての自分の経験に対する誇りを示すのである。

他方、女性画家ジョイスは、「女には、男にはない直感というものがある」うえに、自分は芸術家で、いろいろな種類の人間と関わってきたので、「人生については、ミス・マープルが知らないようなことでも知っている」と、優越感を示す。ここでミス・マープルは、「それはどうでしょう、村の生活にだって、時々、悲惨な出来事は起こりますよ」と口を挟むが、みなに無視されてしまう。

老牧師ペンダーさえも、「近ごろでは、牧師をけなしたがる風潮がありますが、私たちはいろいろな話を聞きますので、ほかの人間には封印された書物のように見ることのできない人間性の一面を、知っていますよ」と、自己主張する。

この六名が――最初はミス・マープルの存在が忘れられ五名とされるが――各方面の代表者の集まりであることから、クラブを作って毎週火曜日の夜に会合を開き、自分だけが答えを知っている未解決問題を順番に出して、みなでそれぞれ謎解きを試みようということになる。こうして「火曜クラブ」が結成され、さっそく第一話として、元警視総監のサー・ヘンリーが、過去に迷宮入りになっていて最近真相がわかったという毒殺事件についての話を始める。

謎を解くのは誰か

こうして第六話まで進んだところで、いったんクラブは解散となるが、翌年、村のバントリー大佐宅で晩餐会が開かれたとき、サー・ヘンリーの提案により、ふたたび謎解きゲームが再開される。サー・ヘンリーとミス・マープルのほかは、大佐夫妻、女優、医師という新しいメンバー構成で、さらに六話が続く。最後に第一三話として、サー・ヘンリーがバントリー家に滞在していたとき、ミス・マープルの知恵を借りて解決した事件が付け加えられる。

これは、いったい誰が真相を見抜くかという知恵比べである。いずれの問題でも、メンバーたちがそれぞれ見当外れの推理をしたり、答えに窮したりしたあとで、物静かに話を聞いていたミス・マープルが、ずばりと正しい解決法を示すというパターンである。

探偵としての資質は、警察や私立探偵といった犯罪の専門家だけではなく、さまざまな職業上の専門知識や経験を持つ人々のなかにも見出される。現に、ミステリーに登場する探偵たちのなかには、『月長石』の〈エズラ・ジェニングズ〉のような医者、チェスタトンの〈ブラウン神父〉のような聖職者、オースティン・フリーマンの〈ソーンダイク博士〉のような法医学者、アメリカ作家メルヴィル・デイヴィソン・ポースト（一八六九―一九三〇）の〈メイスン〉のような弁護士をはじめ、さまざまな専門分野に属する人たちがいる。

しかしこの作品では、専門職を持たず、セント・メアリ・ミード村の外にはほとんど出たこともなく、狭い村のなかで人間の性格や行動をじっと観察してきた老婦人に、つねに軍配があがる。これは、探偵像としても新機軸であるが、同時に、クリスティーのミステリーで人間性の研究がいかに重視されているかということの表れであるとも言えるだろう。

「ふと、あの人のことを……」

「その話を聞くと、ふと、あの人のことを思い出したわ」というのが、ミス・マープルの口癖である。それは、一見事件とは無関係な脇道にそれたおしゃべりのように思われるが、実は、犯人像を絞り込むうえで、ミス・マープルにとっては重要な推論の材料であり、そこから謎解きが導き出されるのである。

たとえば、第一話のジョーンズ夫人毒殺事件の話を聞いたとき、ミス・マープルは、「マウント荘のハーグレイヴズ夫妻」のことを思い出す（「火曜クラブ」）。ハーグレイヴズ氏が亡くなったあと、夫人は、夫に隠し妻と五人の子供がいたことを初めて知り、遺産がすべてそちらへ行ってしまった。そして、その隠し妻とは、以前ハーグレイヴズ家で働いていた若い女中で、夫人のお気に入りだったという。これが事件とどう関わるかというと、殺されたジョーンズ夫人の家に若い綺麗な女中がいると聞いて、ミス・マープルは、被害者の夫のようなタイプの男なら、女中に手出しをしないはずがないと考え、この二人が犯行に関わっているものと目星をつけたうえで、犯行の手口を推理していったのである。

第九話では、ドイツの秘密結社に命をねらわれていたローゼン博士が、階段から落ちて死ぬ（「四人の容疑者」）。殺人事件であることはほぼ確実で、同居していた姪、秘書、家政婦、庭師の四名のなかの誰かが犯人であると考えられたが、証拠不十分で未解決の事件であった。語り手である元警視総監サー・ヘンリーによれば、こういう場合に問題となるのは、ひとりの犯人の処罰よりも、むしろ三人の無実を晴らすことである。ことに秘書は、そもそもローゼン博士の護衛のために、サー・ヘンリー自身が任務を命じた者だった。自分の部下を容疑者のひとりに含めざるをえなくなったサー・ヘンリーにとって、これは「立派な人物の一生をめちゃくちゃにしてしまう」ような由々しい状況だったのである。ミス・マープルはこの事件を解き明かしたあと、自分はむしろ、四〇年近くもローゼン博士に仕えてきた家政婦に同情すると述べる。ミス・マープルは、「ふとアニー・ポールトニーのことを思い出した」と言って、五〇年間忠実に仕えた主人が死んだあと、遺言状をどこかにやったという疑いをかけられたまま死に、そのあとで遺言状が出てきてやっと疑惑が晴れたという女性の話をする。

第一一話では、サー・アンブローズ邸で、晩餐の料理の材料に使われたジギタリスの葉が原因で、みな中毒を起こし、そのなかのひとりである若い女性シルヴィア・キーンが死ぬ(「毒草」)。ところが、これは事故死ではなく、シルヴィアがそのほかにも心臓病の特効薬ジギタリンを飲み物に盛られていたために、致死量に達して死んだのだということがわかる。ミス・マープルは、バッジャー氏と、孫娘ほどの年の家政婦のことを思い出し、「六十男が二十の娘に恋をしたって、驚くには足りない」と言う。そして、この毒殺事件は、美しい被後見人が結婚することに嫉妬を覚えた老人の犯行であると見破るのである。

第二話「アスタルテの祠《ほこら》」では、大戦中に自分の足を撃ったという男のことを、第七話「青いゼラニウム」では、トラブルを起こしている村の保健婦のことを、第八話「コンパニオン」では、別々の教区で死んだ複数の人物の老齢年金をただ取りしていた老婦人のことを……というように、ミス・マープルは、いつも犯人に似た誰かを思い出す。その推論の根底には、人間性とはみな似たり寄ったりだという考え方がある。

誰かに似ているミス・マープル

先にも述べたとおり、クリスティーは『自叙伝』で、自分が何からヒントを得てミス・マープルを創造したのか覚えていないと言っているが、もしかしたらその出所は、『アクロイド殺し』の語り手シェパードの姉で、「家庭内の探偵」とも言うべきミス・カロラインあたりか、あるいは、祖母の友人たちや、少女時代に滞在した村々で出会った老婦人たちのひとりかもしれないと、言い添えている。さらにクリスティーは、祖母マーガレット・ミラー(アガサの母クララの伯母・養母で、アガサの父フレデリックの継母)がモデルである可能性を否定しつつも、ミス・マープルとの共通点として、祖母が「千里眼」のごとき予言力をもっていたことを認めている。

ジョウン・ヒクソンが演じるミス・マープル(イギリスTVドラマシリーズ『書斎の死体』1984年)

読者にとっても、ミス・マープルは、現実世界のどこかにいそうな人物に思える。映画やドラマに登場するミス・マープルも、たいてい、一見平凡な冴えない外観の――しかし時として鋭いひらめきの表情を浮かべる瞬間もある

——老婦人といったイメージの配役になっている(イギリスのテレビドラマシリーズでジョウン・ヒクソンが演じるミス・マープルも、その典型と言えるだろう)。

筆者は、ミス・マープルの物語を読んでいると、ふと「ミス・オースティン」のことを思い出す。ジェイン・オースティン(一七七五―一八一七)は、平凡な日常生活を題材にして、人間の性格の特徴や人間関係を克明に描き、一九世紀のイギリス小説の土台を固めるうえで重要な役割を果たした作家である。たしかにこの連想は、いささか唐突かもしれない。四一歳で生涯を終えた作家オースティンと、六五歳くらいで作中に登場するミス・マープルとの間には、年齢差もかなりある。しかし、生まれ育った環境からほとんど外へ出ることもなく、結婚もせず、小柄で魅力的だが、物の見方に意地悪なところがあり、人間に対してかぎりない興味を抱いていたことなど(そして偶然だが、どちらも「ジェインおばさん」だった)、両者は重なり合う点も多い。ちなみに、アメリカのステファニー・バロンのように、ジェイン・オースティンを探偵役にしたミステリー・シリーズを出している現代作家がいるところを見ると、「オースティン＝探偵」というイメージを抱くのは、筆者ひとりではないらしい。

ことに、「セント・メアリ・ミード村に長年住んでいると、人間というものが見えてくるのです」というミス・マープルの口癖は、「田舎の村の三、四軒の家庭があれば、格好の題材になります」(オースティンが、小説家志望の姪アンナに宛てて書いた一八一四年九月九日付の手紙より)というオースティンの有名な言葉と、同じ音調で響き合う。人間を知るために必要なのは広い世界についての知識ではなく、鋭い観察と深い洞察であり、狭い世界であってもじゅうぶんに人間性の真実に到達できるという共通の信念が、両者の考え方の根底に見出されるのである。したがってクリスティーは、自身の創造したミス・マープルをとおして、最もイギリス的特色の顕著な作家オースティンにもつながっていると言えるだろう。

しかし、それは必ずしもクリスティーが、オースティンから直接影響を受けたということを意味するわけではない。少なくとも『自叙伝』にはオースティンへの言及は見られず、両者を結びつける「証拠」はない。クリスティーの文学上の「祖先」を遡ってゆくと、やはり辿りつくのはディケンズである。クリスティーが幼いころから母に読み聞かされ親しんだディケンズこそ、彼女の文学世界の原型を形作った作家であった。

クリスティーは晩年に『自叙伝』で、「ディケンズの全作品のなかで私が最も好きなのは、『荒涼館』であったし、いまでもやはりそうだ」(第三部第四章)と述べている。ディケンズの小説のなかでも、とりわけ探偵が登場する作品に、クリスティーが愛着を覚えたのは、偶然ではないだろう。彼女は、ディケンズの文学から、「人間性」とは何かを学ぶと同時に、「ミステリー」性をも汲み上げたのにちがいない。こうして引き継いだ伝統に培われつつ、豊かなミステリー世界を築き上げたクリスティーは、英国探偵小説の本流を現代まで絶やすことなく守り続けたのである。

終章

英国ミステリーのその後

―「人間学」の系譜―

1891 年当時のニュー・スコットランド・ヤード(首都警察本部，1890年建設　写真提供＝AP)

現在のニュー・スコットランド・ヤードの正面標識(2005 年　写真提供＝AP)

以上、五名の作家の古典的な探偵小説を取り上げて、その特色を見てきた。最後に、英国ミステリーのその後の「人間学」の系譜を一瞥することによって、本書の結びに代えることとしたい。

ヴィクトリア朝から現代へ

ディケンズ、コリンズ、ドイル、チェスタトン、クリスティーには(DCDCCという暗号めいた頭文字の反復はもちろん偶然にすぎない)、「人間性の探究」という特色のほかに、もうひとつの共通点がある。それは、彼らがその生涯の大部分または一部を、ヴィクトリア朝期(一八三七—一九〇一)に送ったということである。ドイルの少年期にはディケンズが、チェスタトンの少年期にはコリンズが、文壇で活躍していた。そして、コリンズが死んだ翌年に生まれ、二〇世紀後半まで活躍したクリスティーでさえ、幼年期の一〇年間を、ヴィクトリア朝時代の空気を吸いながら育ったのである。ヴィクトリア朝風の屋敷に対するノスタルジックな執着を後年まで抱き続けたという点でも、クリスティーはディケンズと共通する。

したがって、彼らは根元の部分で同じ精神風土を共有している。ヴィクトリア朝風とは、一般には、「謹厳で、堅苦しく、上品な」というような中産階級の道徳的特徴によって捉えられる。これは、時として「旧式で、偽善的」というようなネガティヴな意味合いを含む場合もあるが、作家たちはタブーを犯さぬ領域内に集中して、人間を描く方法を最大限に追求した。言い換えれば、この時期に大きな成長を遂げたイギリス小説は、規範による制限を逆手にとって、元来強みとする性格描写や人間性の探究といった側面を、さらに高度に発達させたのである。それゆえ、「ヴィクトリア朝的」とは、典型的なイギリス風であると捉えても、あながち的外れではないだろう。

暴力的な犯罪を扱った探偵小説にさえも、ヴィクトリアニズムは同様に浸透した。生涯生粋のヴィクトリア朝人であったと言われるドイルはもちろん、チェスタトンやクリスティーの作品を見ても、たとえば死体描写は最低限に留められ、人間の性的側面が注意深く水面下に隠されていることなどがわかる。つまり、人間性の醜悪な局面を描きつつも、彼らの作品には、旧来のいわゆる「上品さ」が保たれているのである。

ところが、大戦後のミステリー作品を全般的に見ると、この精神風土が大きく変容していることに、まずは気づく。それは、時代の推移からも当然のことと言えるが、もともと人間性の悪辣さや堕落、暴力性といった側面を中心に扱う探偵小説では、いったん垣根が取り払われると、その変化もいっそう際立つ。一見、古典とは異質に見える無数の作品群のなかから、「人間学」の系譜を見分けることは、意外に容易ならざる試みと言えそうだ。

英国ミステリーのその後の通史をまとめることは、本書の意図する領域を超えるため、ここでは、人間性の探究という観点から見て特色ある「探偵」が登場する作品をいくつか取り上げて、彼らの謎解きのなかで「人間学」がいかに継承されているかを中心に考察してゆくことにしたい。

私立探偵ブラック(デュ・モーリア)

ダフネ・デュ・モーリア(一九〇七―八九)は、代表作『レベッカ』(一九三八)や『従姉レイチェル』(一九五一)をはじめ、「ミステリー」の要素を濃厚に含み、人間性の弱点を鋭くえぐり出す小説を数多く書いている。また、ヒッチコックによる映画化で『レベッカ』とともに有名な短編「鳥」などにも見られるように、デュ・モーリアの作品は、不吉な雰囲気が漂い、強烈なサスペンスが含まれているという特徴がある。したがって彼女の作品は、本質的に、探偵小説と共通の要素を具えていると言える。

そこで、デュ・モーリアの作品のなかから、探偵が登場する短編「動機なし」を取り上げてみることにしよう。この作品は、一九八〇年に発表された『ランデブー、他短編集』に収録されているが、実際に書かれたのはもっと早い時期で、第二次世界大戦前後、デュ・モーリアが三〇歳代のころと推定されている。

物語の冒頭で、メアリー・ファレンは拳銃で自殺する。彼女は裕福な家庭の主婦で、夫サー・ジョンと深い愛情で結ばれ、もうすぐ生まれてくる子供の母親となる日を心待ちにしていた。自殺の前にレディー・ファレンを見た屋敷の使用人たちもみな、女主人がごく自然で幸せそうな様子だったと述べていて、最後に執事が飲み物を部屋に運び届けたあと、わずか一〇分の間に心境が変化して自殺したらしい。警察は、まったく動機なしの自殺とみなし、医師は、妊娠の影響による突然の錯乱状態が原因であると判断した。

しかし、納得のゆかないサー・ジョンは、私立探偵ブラックを雇って、妻の自殺の原因を究明してほしいと依頼する。「抜け目のないスコットランド人」と形容されるブラックは、口が固く慎重、頑強で、いったん仕事をやり始めたら最後まで徹底的にやり抜くというタイプである。とりわけ、探偵として彼が際立っているのは、人の話をよく聞くという特徴である。「隠し事のない人間はめったにいない」という自説を持つブラックは、話をしながら相手の嘘を聞き分け、その弱点を突くことによって、秘密を暴いてゆく。

なぜ人は嘘をつくのか

メアリー・ファレンの過去を遡る調査に乗り出したブラックは、まずスイスへ行き、メアリーを養育した彼女の伯母ミス・マーシュに会う。ミス・マーシュが金に抜け目がないタイプだと見抜いたブラックは、彼女が弟から受け取っていた娘メアリーの養育費へと話を向ける。ここでミス・マーシュは、弟の死後、姪が結婚したときに、養育費の基金をそのまま着服したという秘密を、暴露してしまう。この不正を訴えられるのではないかと恐れたミス・マーシュは、ブラックに追いつめられ、真実を明かす──彼女はメアリーの実の伯母ではなく、ヘンリー・ワーナーなる人物の出した広告に応募して、当時一五歳だった記憶喪失の娘の養育者として雇われたのだった。その後ワーナーは、カナダに渡って死んだという。

ブラックは、ワーナーの銀行口座を手掛りに、彼がかつてハンプシャーの教会の牧師であったことを探り出す。そして、教区の人々から情報を収集し、ワーナー師が心の狭い俗物であったこと、娘メアリーがケント州の寄宿学校にいたこと、病気を理由に退学し、コンウォールの海岸地方で療養していたことなどを知る。

次にブラックは、メアリーが在籍していた寄宿学校を訪ねて、校長ジョンソン氏に面会する。彼は商売気たっぷりの校長を刺激して、学校の評判に関わる問題に突っ込みを入れることによって、メアリーが退学するに至った真の原因を暴き出す。自らの体面を守るために、娘が病気であると偽り、彼女を捨てて国外へ逃亡した故ワーナー師の欺瞞を、ブラックは見破るのである。

さらに彼は、メアリーが療養していた地方を訪れ、私立の「産院」を見つける。ブラックは婦長に会って、かつてそこの患者であった一五歳の娘が、どのような出来事に遭遇し、記憶を喪失するに至ったかという話を聞き出す。

最後にブラックは、死の直前のレディー・ファレンを訪ねたという庭用家具のセールスマンに会って、彼女の記憶を蘇らせるきっかけが何であったかを確認する。そのとき若いセールスマンは、取り調べに来た私立探偵を見ただけでおびえ、ベンチを注文してくれたレディー・ファレンが自殺したことを新聞記事で知って、この「チャンス」を利用し、受け取った金を着服したことを漏らす。

恐るべき真相へと辿りついたブラックは、それまでの取り調べの過程を振り返りつつ、「なぜ人はいつも、ほかのことを問われているときに、嘘をつくのだろう?」と、人間の性情について思いを巡らす。証言台に立たされ反対尋問を受けている人間を見てきた経験からも、人は質問に答えて事件が明らかになること自体よりも、むしろ答えているうちに何かのはずみで不面目な秘密がばれてしまうことを恐れるものだということを、ブラックは知っている。

作品のなかでことに鮮やかに描かれているのは、ブラックの会話術の巧みさである。ワーナーの後任牧師を訪ねたときには、地方の古い教会について執筆中の作家であると名乗り、牧師館で働く庭師の前では薔薇の収集家になりすまし、校長の前では娘の学校を探している父親のふりをし、婦長の前では妻のために産院を探している未来の父親を演じる。またブラックは、庭師の娘と話すときには、彼女の赤ん坊を誉めたりあやしたりし、世慣れたロンドン子の婦長と話すときには、煙草をすすめたり、食事に誘って酒を飲ませたりするなど、欲しい情報を引き出すために相手を操るつぼを心得ている。

このように人間性に精通しているという特徴において、ブラックは、ディケンズが創造した探偵バケットの末裔であると言ってよいだろう。そして、謎を解き明かしたうえで、亡くなったレディー・ファレンの名誉を守るために、最後に真相を闇に葬ったブラックは、クリスティーの生み出した私立探偵ポアロともいくぶん面影が似ている。

ウェクスフォード警部（ルース・レンデル）

女性作家ルース・レンデル（一九三〇―　）は多作な作家で、その作品の種類は、主として、探偵小説、異常心理を描いたスリラーもの、そして、「バーバラ・ヴァイン」というペンネームで発表された一般小説の三つに分かれる。レンデルは、いわばミステリーやスリラーと純文学の橋渡しをした作家である。言い換えると、彼女の作品はすべてジャンルにかかわらず、サスペンスや「ミステリー」の要素を含むと同時に、そのすみずみまで「小説」であるという特色を持つ。

探偵小説では、ロンドン近郊のキングスマーカム（架空の町名）署のウェクスフォード警部と、その部下たちが事件を解決する「ウェクスフォード・シリーズ」が数多く書かれている。これらの作品では、緻密に組み立てられたプロットや驚くべき結末など、優れた探偵小説としての諸要素が具わっているが、それに加えて、人物描写が巧みであるという点に、小説家レンデルの力量が発揮されている。たんにプロット上の道具として平板に描かれた人物はひとりも登場せず、端役に至るまで、すべての登場人物が実在感のある人間として描かれているのである。

ここでは、ウェクスフォード・シリーズの第三作目『死を望まれた男』（一九六九）を例に挙げてみよう。電気工ジャックの結婚式で新郎付添役を務めることになっていたトラック運転手チャーリーは、式の当日の朝、死体となって川で発見される。捜査に当たったウェクスフォード警部は、被害者の知り合いたちを取り調べるうちに、チャーリーがうぬぼれの強い毒舌家で、金を見せびらかして周囲の神経を逆なでするような、敵の多い人間であったことを知る。なかでも、子沢山で生活苦に喘いでいるトラック運転手カラムは、羽振りがよく自分を見下げているチャーリーを、妬み嫌っていた。カラムの家庭の貧窮のありさまを描いた部分は、まるで自然主義文学の場面描写のような迫真性がある。

その一方で、妻リリアンにとって、チャーリーは贅沢三昧の生活をさせてくれる頼もしい夫であり、幼なじみジャックにとっては、かけがえのない親友だった。ことにジャックは、親友を失った衝撃に耐えられず、結婚式も中止して悲嘆に暮れる。謎解きの中心は、チャーリーがいかにして大金を手に入れたのかという問題にかかっていた。しかし、それが悪事による不正な金であったことが判明したあともなお、チャーリーをめぐる謎が残る。作品の結末は、ジャックがチャーリーの名をつぶやいて嗚咽がこみあげる場面で閉じられる。親友をかくも魅了した、ならず者チャーリーの美質とは何だったのか？　同業者でありながらカラムとはまったく対照的な生活を追い求めた彼の野望とは何だったのか？　探偵小説の領域を踏み出たこのような問いが、余韻として残るのである。

この作品では、殺人事件と並行して、ある自動車事故に関する捜査の話が織り込まれ、二つの事件が次第に絡み合ってくる。車に乗っていたファンショー氏は事故で死亡し、妻ファンショー夫人は命が助かる。もうひとりの死者は娘ノーラと推定されていたが、ノーラと名乗る娘が母親の見舞いに訪れる。事件について取り調べるうちに、ウェクスフォードは、この金持ち一家の夫婦や親子の関係が、その豊かな金力ゆえにいかに歪んだものであったかを暴き出す。

人間性を知る仕事

チャーリーの入れ歯を作ったという歯科医ヴィーゴを、ウェクスフォードが訪ねる場面は、作品のなかでも最も印象的な箇所のひとつである。博物館かと見まがうような数々の美術品や、目が眩むような極彩色の装飾で彩られた豪邸をあとにしたウェクスフォードは、ヴィーゴに障害児の子供がいると人伝に聞いたことを思い出し、彼がどれだけの金を積んでもわが子の宿命を変えることはできないのだと、ふと思う。

作品中の登場人物たちはみな、金に縛られて生きている。彼らはもともと、ふつうの人々なのだが、いったん金の力に目が眩むと、人間性の恐るべき側面を表し始める。そして、金で幸福を買うことができないということを、自ら立証することになるのだ。

作品では、ウェクスフォードの家庭生活が詳しく描かれ、探偵も、小説中のひとりの人間として生き生きと造形されている。ことにこの作品では、美しい娘シーラに対するウェクスフォードの子煩悩ぶりが、ユーモラスに描かれている。しかし、ひとたび職業に関わる話になると、彼の気難しい側面が表れる。女優志願のシーラが、自分は本物の女優になるために「人間性」を知る訓練をしていると言うと、ウェクスフォードは娘に向かって、「私も四〇年間それをやってきたが、まだ外れる確率が八〇パーセントってところだな」と、しぶい顔をして言う。この言葉は、事件解決においてたとえ百発百中の探偵といえども、人間性を正しく捉えることは困難であること、そして、探偵の仕事とは、まさに人間性を知る修行なのだということを、暗示していると言えるだろう。

モース主任警部（コリン・デクスター）

コリン・デクスター（一九三〇—　）は、テムズ・バレイ警察の主任警部モースを主役としたシリーズで評判が高い。その第一作目の長編『ウッドストック行最終バス』（一九七五）を取り上げてみよう。この作品は、ごく日常的なひとこまから始まる。秋の夕暮れ時、オックスフォードの停留所でバスを待っていた二人の娘のうちのひとりが、そばにいた中年の女性に、ウッドストック行きのバスはいつ来るのかと尋ねる。女性が誤って、ウッドストック行きのバスはないと答えると、娘たちはヒッチハイクを始める。その日の夜、一方の金髪の娘シルビア・ケイが、ウッドストックの酒場の中庭で惨殺体となって発見される。

奇妙なことに、もう一方の娘は、事件後に名乗り出てこなかった。事件を担当した主任警部モースは、シルビアが「明日の朝には、笑い話になるわ」と言っていたという中年女性の証言から、その謎の娘が被害者の職場の同僚ではないかと考え、女性社員たち宛ての私信を調査して、そのうちのひとりジェニファー・コルビーが、重要な証拠を隠していると、目星をつける。

他方、ヒッチハイカーたちが車に乗り込むところを目撃したという証言をもとに、警察が車の調査を始めると、大学の英文学講師バーナード・クローザーが、二人の娘をウッドストックまで車に乗せてやったのは自分だと申し出てくる。モースは、もう一人の娘が名乗り出ないことと、バーナードがすぐに出頭しなかったことから、二人は知り合いで、秘密にしておかなければならない理由があるのではないかと、推理する。

繰り返される
どんでん返し

その後、バーナードの妻マーガレットが自殺し、モースに宛てた彼女の遺書のなかには、自分がシルビアを殺した犯人であると書かれていた。しばらく前から夫に愛人がいることに気づいていたマーガレットは、ウッドストックの酒場の中庭に止められた車の中で、夫が金髪の娘といっしょにいるところを見て逆上し、金髪の娘が降りたあとバーナードの車が去ると、背後から娘の後頭部をタイヤ・レバーで殴りつけたのだと言う。

妻の自殺に衝撃を受けたバーナードは心臓発作で倒れ、病床で、事件当日の出来事を振り返りながら、友人ピーターに打ち明ける。彼がヒッチハイクでたまたま乗せた二人の娘のうち、後部座席に座ったのは彼の愛人で、それから会う予定にしていた女性だった。気まずい状況のなか、彼女がひとり途中で降りると、金髪の娘が挑発的な態度をとりはじめ、酒場の中庭で車を止めていたところを、彼は誰かに見られていたような気がしたと言う。それが妻であったかどうかわからないまま、死を迎えたバーナードは、自分がシルビアを殺害した犯人であると、医師の代筆によりモースに宛てて書き遺す。

しかしモースは、後部座席に座っていたバーナードの愛人が、途中で車を降り、そのあと嫉妬に駆られてウッドストックまでバスに乗ってやって来て、シルビアを殺したのではないかと推理する。

このように、謎の答えが次々と読者の前に示されるが、そのつどどんでん返しが繰り返される。犯人の可能性はマーガレットからバーナード、そしてジェニファーへと推移してゆき、最後に思わぬ人物が逮捕される。極端に言えば、何通りかの答えのなかのどれが正しくても、話が成り立つというような印象が、デクスターの作品にはある。なぜなら、探偵モースの謎解きの中心は、トリックではなく、事件の背後に隠されている複雑な人間関係を解きほぐすことにこそあるからだ。

モースははじめ、ジェニファーがバーナードの愛人なのだと推測するが、二人が対面している様子を観察して、即座に自分の推理が誤りであったと認める。また彼は、遺書でマーガレットが、「燃えるような怒り」から殺意を感じたと書いていたことから、嫉妬ではなく怒りが原因なら、殺意の対象となるのは、相手の女性ではなく夫であったはずだと分析し、マーガレットが犯人ではないと直感する。モースによれば、マーガレットとバーナードは相手をかばい合っているのであり、互いに相手を疑ったということは、ともに無実の印であることになる。

このように、モースの推理は、人間観察や人間性への洞察を土台としているという特徴がある。物語の舞台や風土は現代そのものだが、探偵は指紋や物的証拠にはほとんど関心がないと言わんばかりに、もっぱら人間関係を洗い出す証拠に鋭い目を向けるのである。

作中では、バーナードがアーネスト・ダウスンの詩選集を読み、ミルトンの『失楽園』を大学で教えていたとか、ジェニファーが図書館からシャーロット・ブロンテの『ヴィレット』を借りていたという挿話や、「ジェイン・オースティンならこう呼ぶだろう」、「ディケンズ流に言えば」といった表現が、あちらこちらに織り込まれている。それによって、この探偵小説にイギリス文学が染みわたり、作品が厚みを増しているように思われる。

女私立探偵コーデリア（P・D・ジェイムズ）

女性作家P・D・ジェイムズ（一九二〇―　）のミステリー作品に登場する名探偵と言えば、まずはダルグリッシュ警視を第一に挙げるべきだろう。典型的な英国紳士で詩人でもあるダルグリッシュは、『女の顔を覆え』（一九六二）、『不自然な死体』（一九六七）、『黒い塔』（一九七五）ほかのシリーズで、次々と鮮やかに事件を解決してゆく。

しかしここでは、あとにも述べるいくつかの理由から、あえて女私立探偵コーデリア・グレイの登場する『女には向かない職業』(一九七二)を取り上げることにしたい。コーデリアは、私立探偵事務所の共同経営者で元首都警察犯罪捜査部に所属していたバーニイ・プライドが病苦にして自殺したあと、事務所を引き継ぐことになる。彼女は、取り立てて資格らしいものも、経験も、資金もない二二歳の女性で、頼りとすべきものと言えば、その若さゆえの溌剌としたエネルギーとナイーヴな感性くらいしかない。

おまけに、探偵業は「女には向かない職業」である。表題にも掲げられているこの言葉は、作中でもさまざまな登場人物たちの口をとおして、繰り返される。暴力に立ち向かう危険な仕事である点で、体力的にも女性に不向きな職業とされるためか、たしかに、ミステリーの世界に登場する探偵は、圧倒的に男性のほうが多い。女性探偵にも、キャサリン・ルイザ・パーキスの『婦人探偵ラヴデイ・ブルックの経験』(一八九四)やM・マクドネル・ボドキンの『婦人探偵ドラ・マール』(一九〇〇)の主役などに遡る系譜があるが、読者の幅広い人気を獲得することに成功した女性探偵像は、少数派に留まる。本書で取り上げたただひとりの女性探偵ミス・マープルも、男性に勝るとも劣らぬ頭脳の持ち主ではあるが、探偵を職業としているわけではなかった。

この作品では、その名前からして、シェイクスピアのコーデリア姫(『リア王』)を連想される可憐な女性が、亡き上司の教えを懸命に思い出しつつ、プロへの道を目指して励む奮闘ぶりが、彼女の内面から描かれているため、探偵の思考の道筋や行動様式が、読者にわかりやすく示されることになるのである。

探偵事務所を引き継いだコーデリアが最初に引き受けた仕事は、大学を急に退学して間もなく命を絶ったマーク・カレンダーの自殺の理由を調べるというものだった。調査を依頼した科学者サー・ロナルド・カレンダーによれば、息子マークは退学後、ある屋敷の庭師として就職し、敷地内のコテージにひとりで暮していて、そこの居間で首を括って死んでいるところを、屋敷の住人に発見されたのだった。

「死者について知れ。死者に関することならどんなことでも、つまらないどうでもよいことなどはない」(第一章)――バーニイをとおして知ったダルグリッシュ警視のこの教えにしたがって、コーデリアは、生前のマークにまつわるあらゆる情報を集める。そうしているうちに、彼女は死んだ若者に対して、感傷的な共感を抱くようになる。これは、ダルグリッシュの教えにはなかった部分で、コーデリア独自の女性的感性に発するものである。彼女は、マークの住んでいたコテージの状況を観察するのみならず、自ら住み込んでその雰囲気に浸ることによって、マークは自殺したのではなく、殺されたのだと、次第に確信するに至る。

葬式に参列したマークの友人たちや亡母の使用人に会って話を聞くなど、次々と行動を展開してゆくうちに、事件に深入りしすぎてしまったコーデリアは、ついに命をねらわれるはめになる。夜、コテージに帰り着いたところを、陰から何者かによって襲われ、敷地内の井戸に突き落とされた彼女は、危うく死の瀬戸際で救助されるが、読者は不死身ならぬ探偵の「冒険」をとおして、犠牲者の死の恐怖を追体験させられることになる。

コーデリア対ダルグリッシュ警視

コーデリアはついに、マークを殺害した犯人がサー・ロナルドであったことを突き止める。しかし、そのあと物語は意外な展開を示す。サー・ロナルドの秘書ミス・レミングが、マークの復讐のためにサー・ロナルドを拳銃で撃ち殺したとき、コーデリアはとっさにこの殺人を自殺に仕立てるべく隠蔽工作を図る。なぜここで彼女は探偵から共犯者へと変身したのか？　その問いへの答えとして、コーデリアはミス・レミングに言う。自分がそうしたのは、正義のためでも何か抽象的なことのためでもない、「ただひとりの人間のことを考えていただけだ」と。コーデリアは、ひたすらマークのことを考え、純朴な若者を辱めた者への反抗心から、衝動的な行動に出たのである。

このあと描かれるコーデリアの内面は、探偵よりも、むしろ罪を必死になって隠蔽しようとする犯罪者の心理を映し出している。証人席で偽りの供述を行うときにも、コーデリアは、かつてバーニイをとおして教わった次のようなダルグリッシュの説を思い起こす。

「決して不必要な嘘をついてはならない。真実こそ、最大の威力を持つものだ。このうえなく頭のいい殺人犯がつかまってしまうのは、重大な嘘をついたからではなく、真実を語るほうが無難なのに、どうでもよいつまらない嘘をつき続けるからだ」（第六章）

コーデリアの目論見通りの評決がおりたあと、彼女はニュー・スコットランド・ヤードから出頭を命じられる。ここで最後に、ダルグリッシュ警視が登場し、コーデリアはうわさの名探偵に初対面することになる。コーデリアが嘘をついていることを見抜いているダルグリッシュは、彼女を問いつめながら弱点を突いてゆく。サー・ロナルドが自殺するとき使った拳銃は、自分が彼に預けてあったものだとコーデリアは供述しているが、彼女が拳銃を持っているところを目撃した人物がいること。夜遅くサー・ロナルドを訪ねた理由は、「事件から早く手を退きたくて、待てなかったから」と言いつつも、彼女は途中で道の脇に車を止めて眠り、「現に、待っている」こと等々……。一歩一歩追いつめられてゆくコーデリアの心境は、まさに尋問を受けながら逃げ場を失ってゆく犯罪者の恐怖感を浮かび上がらせる。

取り調べの最中に、ミス・レミングが交通事故死したという報告が入り、急遽コーデリアは解放される。緊張が解けた瞬間、彼女は興奮のあまり思わず号泣し、バーニイのかつての上司ダルグリッシュに向かって、いきなり食ってかかる。「あなたは彼を首にしておきながら、そのあと様子も聞いてあげなかったわね。お葬式にすら来なかったじゃないの！」と、理性を失い、感情を爆発させるのである。

探偵である以前に人間であることを曝け出す――これが、女探偵コーデリアの限界でもあり、魅力でもある。こうして、コーデリアの内面描写をとおして、探偵のみならず犠牲者や犯罪者の心の道筋をも描いたこの作品は、結果的に、影なる大物探偵ダルグリッシュへの讃歌も兼ねることになっているのである。

メレディス主任警部（ロバート・バーナード）

ロバート・バーナード（一九三六―　）は、英文学研究者として、ディケンズやブロンテ姉妹に関する研究書や、アガサ・クリスティーについての評論（邦訳題『欺しの天才』）などを発表する一方で、数多くのミステリー作品を世に出している。

特定のシリーズとしてはあまり有名なものはないが、メレディス主任警部やペリー・トレワンソン警部、マイク・オッディー警視、チャーリー・ピース巡査などが登場する作品のほか、探偵が不在のミステリー作品も数多い。内容は実に多彩だが、その特色のひとつは、言うまでもなく、彼の専門分野であるイギリス小説の影響が濃厚であることだ。バーナードの作品では、個々の人間が鋭い観察をとおして造形されているばかりでなく、他者との関係のなかで描かれている。彼の作品は、ミステリーである以前に、まず人間を描く小説たることを目指しているように見える。

第二の特徴は、事件の謎が解かれることによって、犯罪自体が明らかになるだけでなく、それ以外の何か、とりわけ家族関係の問題が暴かれることである。たとえば、『暗い夜の記憶』(一九八五)では、主人公が、幼いころのおぼろげな記憶を辿って探偵の真似ごとをしているうちに、その記憶が何を意味していたかという恐ろしい真相を突き止めるが、それと同時に、大戦中の混乱期に起こったこと、そして、自分を捨てた母親の正体を発見するに至るのである。短編「衣装箪笥の女」では、轢き逃げ事故で妻を亡くした男が、妻の衣装箪笥の遺品を整理するうちに、次々と謎が生じてくる。彼女の足取りを辿って調べているうちに、男はついに轢き逃げ犯人を突き止めることになるが、それと同時に、自分が知らなかった妻の生活や内面をも発見するのである。

ここでは、メレディス主任警部が登場する『不肖の息子』(一九七八)を取り上げてみよう。大地主で、推理小説界の大御所的存在でもある作家サー・オリヴァー・フェアリーは、家族一同が集まった彼の誕生日パーティーの席上で、グラスの酒を飲んだ直後に、心臓発作で倒れて死ぬ。警察の捜査によって、これはニコチンの混入による毒殺事件であるとわかる。

事件の担当に当たったメレディス主任警部は、四十代前半だが、まだ若々しい活力に溢れ、その目はきらきらと輝いている。このような明るい溌剌としたタイプの探偵像の例も、探せば少なからず挙がってくるだろう。たとえば、フランスのガボリオが創造した探偵ルコックは二十歳代の警官で、ガストン・ルルーの創造した探偵ルールタビーユは、『黄色い部屋の謎』に登場したときにはまだ一八歳の新聞記者であり、傑出した才能を具えてはいるものの、まだ青い雰囲気を漂わせている。しかし、少なくともイギリスでは、年齢にかかわらずなぜか老成したイメージの探偵が多いようだ。数多くの犯罪に関わってきた彼らの目は、事件の手掛りを発見したときキラリと光る以外は、あたかも人間性の暗い底を見つめているかのように沈んでいる場合が多い。

しかし、メレディスはまだ、人間性に対して悲観的な目を向けていない。彼にとって「人間」は、いまだ胸を躍らせるに足る好奇心の対象であるようだ。

家族関係の謎

サー・オリヴァーの死後に発表された遺言は、誰もが予想しなかった内容だった。妻エリナや、お気に入りの娘ベラ、次男テレンスには、それぞれサー・オリヴァーの作品一作ずつの著作権しか与えられなかった。それに対して、飲んだくれで、父親への殺意を口にするほど険悪な関係だった「不肖の息子」たる長男マークが、その他いっさいの莫大な財産を相続し、屋敷の後継ぎとなったのである。

メレディスは、この遺言の内容から、家庭の内でも外の世界でも暴君のように君臨していたサー・オリヴァーが、実はもっと複雑な面を具えた人物ではなかったかと考える。そこで、サー・オリヴァーの周囲の人間を観察したり、彼の人間関係やその過去を探ったりしながら、彼は謎を解いてゆく。こうして、サー・オリヴァーの実像が明らかになったとき、初めて探偵は殺人事件の真相へと到達するのである。

最後に、最も怪しいとされたマークではなく、意外な人物が犯人であるとわかったとき、タイトルの「不肖の息子」という言葉が、新しい意味合いを帯びてくる。本当の「不肖の息子」とは誰だったのかという問いが、この作品の「落ち」であるとも言える。

終局に向かうにつれ、サー・オリヴァーを誰よりもよく理解し、その大きな存在に対して精一杯逆らってきたのがマークであったことが、次第に明らかになる。そして、互いに断絶したこの父子が、周囲の思惑を超えた絆で繫がっていたということも、浮かび上がってくる。家族の確執という問題が、このミステリーのもうひとつの謎解きのテーマであると言ってもよいだろう。

ダルジール警視&パスコー警部(レジナルド・ヒル)

レジナルド・ヒル(一九三六―　)は、ダルジール警視とパスコー警部を中心とした中部ヨークシャー警察チームのシリーズ作品を次々と発表している。ここでは、同シリーズの長編第四作目『死にぎわの台詞』(一九八四)を取り上げたい。

原題の *Exit Lines* とは、演劇における「退場の台詞」の意味で、人生を舞台に譬えるなら、死者のいまわのきわの言葉を指す。このタイトルからは、シェイクスピアの「この世はすべてひとつの舞台。人はみな役者にすぎず、入場しては退場してゆく」(『お気に召すまま』第二幕第七場)という一句が響いてくるようだ。また、作品の巻頭および全二九章の冒頭には、詩人アレクサンダー・ポープからローマ皇帝ベスパシアヌス帝に至るまで、古今東西のさまざまな著名人の臨終の言葉が引用されていて、ヒルの文学的教養の深さがうかがわれる。

本作品では、老人たちの死にぎわの言葉が、謎を解く鍵となる仕掛けになっている。強風の吹きすさぶ一一月の寒い夜、三人の独り暮らしの老人が死ぬ。トマス・バリンダーは運動場に倒れたまま長時間氷雨に打たれ、通りかかった発見者の連れていた犬を見て、笑みをたたえ、最後に「ポリー」と言って死ぬ。ロバート・ディークスは、血の混じった浴槽に浸かっているところを、様子を見にやって来た娘に発見され、「チャーリー」という言葉を遺して、救急車に運ばれている途中に息を引き取る。フィリップ・ウェスタマンは、雨風にあおられながら自転車に乗っているところを、向かってくる車と衝突し、病院に運ばれて、医者に「運転してたやつ、太った野郎、酔っぱらい!」という言葉を残して死ぬ。

ダルジール警視は、たまたま自転車と衝突した車に乗っていた。車から下りて駆け寄った二人の男たちのうち、酒に酔った巨体のダルジールのほうが、ウェスタマンの印象に強烈に焼きついたためか、彼がいまわのきわに発した「証言」は、ダルジールを窮地に追い込むことになる。それゆえ、容疑のかかったダルジールは、この作品では前面から退き、三人の老人の事件は、パスコー警部が中心となって解決することになる。とは言え、謎解きの要所要所で、ダルジールはパスコーに有益なアドヴァイスを与えるばかりではなく、最後に、実は彼が密かに大事件の捜査に当たっていたことがわかるのである。

謎解きを超えて

しかし、この作品の主役は、あくまでも老人たちであると言ってよい。三人の老人たちは互いにまったく無関係で、たまたまほぼ時を同じくして死を迎えたにすぎないが、それぞれの話は次第に結びつき、ひとつに溶け合ってゆく。それは、もともと余命わずかで、最後の治療に当たった医師が、「死んだほうが幸せかもしれない」と一瞬頭によぎった自らの思いに対して、罪の意識を感じてしまうといったような類の人々の死であった。バリンダーは原因不明の骨折によって倒れていたが、直接の死因は凍死で、ディークスには浅い傷があったが、死因はショックによる心臓発作であったと医師に判定される。ウェスタマンの場合は、車の運転者チャールズワースは無飲酒で、落ち度はなかったとして、事故死との評決が下される。

殺人と呼ぶべきかどうかさえ定かでない事件を扱ったこの作品は、残虐さの際立つ現代のミステリー作品群のなかでは、異例とも言える静謐さを湛えつつ、謎解きを超えた何か深い人間的な問題を提示しているようだ。この作品の中心にあるもの、謎が解かれたあと最後に残るものとは、「老いとは何か」という問題である。謎解きの過程でも、作品の随所に、老いゆく人々の有様やそれを取り巻く人々の生活の実態が、見事に描きこまれている。

たとえば、独居老人ディークスの隣家では、老人がテレビを最大限の音量でかけっ放しにしていて、同居人の話によれば、老いた母親が「何も聞こえなくなると、自分は死ぬ」と思いこんでいるのだった。ディークスの娘ドロシー・フロスティックの家の隣のグレゴリー家からは、自分の娘と死んだ妻との区別がつかず、しきりに妻に対する要求の言葉を発する老人の大声が聞こえてくる。グレゴリー夫人は、家族の協力も得られず、老人性痴呆の父親の世話に追われ、生活に疲れきっている。その苦労を見ていると、ドロシーは夫を説得して父親を引き取る勇気が出ないまま、良心の咎めに苛まれていたのだった。パスコー警部自身も、妻が、老人性痴呆の兆候を現し始めた父親のことを心配して、実家に出入りするというような状況に置かれている。

「ポリー」が競馬の勝馬の名であったと判明したのをきっかけに、バリンダーが競馬に出かけたという足取りが浮かび上がってくる。だが、大当たりして賞金を手にしたバリンダーは、なぜ大雨のなか、途中でタクシーを降りて歩いていたのか？　その謎が解けたとき、事件の悲しい真相が明らかになる。バリンダーはちょうどそのとき、老人ホームの女友達が運動場を徘徊しているのを見かけたのだった。事件のあと、すでに呆け始めていた老女の記憶から、この部分が空白になってしまうが、それを思い出したとき、彼女は死を迎える。何の悪気もない二人が死ななければならなかった原因といえば、ただ年老いて体が弱り頭の働きが鈍くなっていたから、としか言いようがない。

ディークスはなぜ、最愛の孫チャーリーの名前を呼びながら、悲しみの仮面のような形相のまま死んだのか。彼は自分から金を奪おうとして暴力を奮った軍服姿の男を、チャーリーと見間違えはしなかっただろうか。それとも、チャーリーではないと認識しつつ、軍人になった孫の姿を思い浮かべながら死んでいったのか？　何しろ、老人の識別力自体があやふやだったのだから、本当のところは読者にもわからない。その覚束なさが、いっそう事件を物悲しいものにしている。

ミステリーとは、読んでいる間は読者を強力に引き込む力があるが、概して、読み終わったときには後味が悪いものだ。しかし、レジナルド・ヒルのこの作品を読んだあとに、そのような後味の悪さはない。むしろ、いわゆる文学作品を読んだときと同質の「感動」のようなものさえ、あとに残る。それは、「ミステリー」が、ヒルにとって読者を楽しませるための手段であり、そのほかにも読者に伝えたいことが、彼にはあるからだろう。答えが出たときに、何か人間社会の絵柄が浮かび上がってくる――ヒルのミステリーとは、そういった類のパズルのようだ。作者はまず、読者にとびきりのパズルを提示するが、彼が本当に言いたいことは、絵柄のなかにこそあるような気がする。

フロスト警部（R・D・ウィングフィールド）

最後に、英国ミステリーの伝統を引き継ぐ探偵として、フロスト警部で締め括ることに、正直なところ筆者ははじめ、ためらいを感じずにはいられなかった。悪趣味な下卑た冗談ばかりを口にし、騒々しく駆け回りながら事件を解決してゆくフロスト警部。R・D・ウィングフィールド（一九二八—二〇〇七）が創造したこの低俗きわまりない探偵は、これまでに取り上げた知性派の探偵たちとは、あまりにもかけ離れたタイプである。

しかし、迷ったあげくどうしても捨てがたい何かが、フロストにはあった。それは、彼がたんに人間味たっぷりであるというだけではなく、その表面の猥雑な属性を剝ぎ取っていったとき、中心部に透徹した人間観とも言うべき何か光るものがあるからだ。事件の解決をとおして、人間性がよく描けているという点では、ウィングフィールドのミステリーも、人間学の系譜に加えてよいだろう。

ここでは、フロスト・シリーズの第一作目『クリスマスのフロスト』（一九八四）を取り上げておく。舞台は、ロンドンから七〇マイルほど離れた所にある架空の田舎町デントンである。デントン警察署に勤務する冴えない中年の警部フロストは、クリスマス前の数日間に、いくつかの事件を担当することになる。

発端は、八歳の少女トレーシー・アップヒルが日曜学校の帰り道に姿を消したことだった。まず、関連する事件の前科者について調査するうち、別件の痴漢騒ぎの犯人が捕まる。誘拐犯と名乗る男から娘の身代金を要求され呼び出されたアップヒル夫人は、殴打されて道に倒れているところを、たまたま車で通りかかった男によって発見される。通報者の車のトランクをフロストが開けてみると、中からぎっしり詰まった電子計算機が発見され、エレクトロニクス工場連続盗難事件の犯人逮捕へ。身代金を奪った犯人は、たんに誘拐犯を装っているだけだと見抜いたフロストは、泥棒の常習犯逮捕へ。行方不明の少女の捜査中、フロストが、霊媒者と名乗るマーサ・ウェンデルの「お告げ」に従って、森のなかの窪地を掘ってみると、少女の遺体ではない別の人骨が出てくる。これによってフロストは、三〇年余り前の銀行員失踪事件の手掛りをつかみ、その背後に隠されていた殺人事件の真相究明へ。そして、マーサの正体を暴いたフロストは、ついに少女殺害犯の発見へ……。

このような調子で、種々雑多な事件が次々と連鎖し合いながら、芋づる式に解決してゆく。一見したところ、いかにも行き当たりばったりの偶然の成り行きのように見えるが、ひとつひとつの事件解決には、少なからずフロストの直感が関与している。そして、その直感は、しばしば彼の人間性への洞察に根差している。

たとえば、誘拐犯を名乗る者が、多額の身代金のみならず、相手の財布の中の小銭まで盗んだとわかったとき、フロストは、その行動の不自然さに注目し、これが誘拐事件に乗じたこそ泥の犯行であると見抜く。

また、フロストは行方不明の少女の捜査中に、顔見知りの浮浪者の凍死体を発見する。生前この浮浪者サムが、拾った金を若い巡査にくすねられたと言っていたことを、フロストは記憶に留めていた。巡査ストリンガーがお茶を運んでくれたあとに時々自分の机の引き出しから小銭がなくなることに気づいたフロストは、彼を問いつめて、次のように語る。

「サムじいさんの死については、あんたが良心の咎めを感じる必要はない。だが、あのじいさんは、警官が自分の金を盗んだことを知りながら、死んでいった。その事実は取り返しがつかない。しかも、じいさんが苦情を申し立てにやって来たときに、おれたちはじいさんを侮辱したうえに、いやみを言って追い払ったんだ。そのことについては、おれだけじゃなく、あんたにも後味の悪さを感じてほしいと思う」

（火曜日・四）

このように諭して、若い巡査の心を開かせ正道に引き戻すことのできるフロストは、その表面に反して、繊細で潔癖な心の持ち主であることを示している。悔悟したストリンガーが、馬券屋から賄賂を受け取って警察の情報を流していたことを白状したため、フロストはまたもやひとつの事件を解決することになる。銀行の玄関が何者かによってこじ開けられるという不審な事件が起きていたのだが、これが警察のパトロールを巡回ルートから離すための囮《おとり》であり、そのすきに宝石商への押し入り強盗が仕組まれていたことが発覚するのである。

行方不明になった娘の身を案じるアップヒル夫人に対して、周囲は同情的だが、フロストは彼女が娘の帰りが遅いと知りつつ何をしていたかということを考えると、決してよい母親ではありえないと言う。最後に、トレーシーが純真な子供ではなく、猫を残酷に殺すような少女であったことが明らかになったとき、フロストの直感は必ずしも的外れではなかったことに、読者は気づく。

底から何が聞こえてくるか

最初に登場したとき、フロストは一年前に妻を亡くしたという設定になっている。時おりフロストの口調が一変して真剣になるとき、彼は妻のことを断片的に語る。妻との関係が行きづまっていたとき、突然医者に呼び出され、彼女が癌であと半年の命しかないと告げられたこと。銀行に立てこもり銃を持った男をフロストが取り押さえたのは、まさにその日で、自分は死んでもかまわないという心持ちだったこと。その手柄を称える勲章がフロストに授けられたとき、妻はかつてないほど嬉しさではちきれそうだったこと。病院からの知らせがあったとき、電話が鳴ったとたんに、妻が死んだとわかったこと。妻が死んだあと病院から帰ると、しばらく彼女がいなかった家の中の雰囲気が、なぜかがらりと変わっていたこと……（ちなみに、作者ウィングフィールドも、癌で亡くなった）。

そのような断片をつないでゆくと、悪ふざけとどたばた劇で軽妙に彩られた探偵譚の底に、静かな悲しみが横たわっているのがわかる。その悲しみから、人間という愚かではかない存在に対する探偵の温かい理解がじわじわと湧き上がってくる。フロストの物語には、そういう浄化作用が生じる刹那がちりばめられている。

フロストは、ホームズのように天才的な頭脳の持ち主でもなければ、ブラウン神父のような伝道者でも、ポアロのような冷静沈着な伊達男でも、モースのようなインテリでも、ダルグリッシュのような詩人でもない。彼は警察という組織にどっぷりと浸かり、荒々しい人間関係に揉まれながら、あらゆる世俗の底の底まで知り抜いた人間通である。そのような点では、フロストは、ディケンズの創造したバケット警部の末裔と言えなくもない。もちろん、バケットの几帳面で紳士的な側面は、フロストにはかけらも見られないけれども。

しかし、舞台はもはやヴィクトリア朝時代ではなく、この現代であるということは、当然差し引いて考えなければならないだろう。要は、いかなる時代の風土にあろうとも、変わらぬ「人間性の探究」という通奏低音が聞こえてくるかどうかである。

あとがき

ミステリーの研究に取り組むことにした理由は二つある。

第一は、文学研究上の目的から発している。序章でも述べたように、あらゆる文学作品には、何らかの形で「ミステリー」の要素が含まれる。たとえば、私が研究しているジェイン・オースティンの小説なども、平凡な日常生活を題材としているが(そこでは、殺人事件のような異常な出来事は決して起こらない)、筋立てや人間関係などに、謎が巧みに仕掛けられている。小説を研究しながらも、文学におけるミステリー性とは何かという根本的な問題が、次第に私の頭のなかでもたげてきた。

しかしこれは、あまりにも大きな漠然としたテーマである。どこから取り組むべきかと考えたとき、いっそ「ミステリー」という要素そのものをジャンルとした探偵小説を学ぶところから出発してみたら、何か手掛りが得られるのではないかと思い至った。私の専門とするイギリス小説は、人間の性格描写に力点を置くという根強い伝統があり、探偵小説というジャンルのなかでもそれが生き続けているため、いわゆる純文学と探偵小説との連続性が強い。それゆえ、一方では、専門外の領域に踏み込みつつあるような戸惑いを覚えつつも、英国探偵小説を研究すれば、その連結部をとおして文学研究につながるという直観のようなものが、私にはあった（最初の試論として、二〇〇七年一〇月、京都大学で開催されたディケンズ・フェロウシップ日本支部総会で、「探偵小説の源流に関する考察――ポーとディケンズ」と題する研究発表を行い、その内容が本書の第1章に一部含まれていることを、付言しておく）。

第二は、以前から、アガサ・クリスティーについて何か書きたいという個人的願望があったからだ。前著『視線は人を殺すか――小説論11講』で、クリスティーの作品について一部論じたが、まだまだ書き足りないという思いが残っていた。

序章でも述べたとおり、「ミステリー」は強烈な牽引力を持つ。いったん謎に引き込まれるや、私たちは現実の彼是を忘れて、本の中の世界へと運び去られる。それは、娯楽や逃避というように消極的に呼ばれる場合もある。しかし、いったん集中力が増し、その度合いがある水準を超えると、私たちの頭脳は何か新しいものを創造する傾向がある。そのとき、逃避が積極的な意味を帯びた力へと逆転する可能性もあるのだ。

私もこれまでにクリスティーを読んで、鬱々たる気分から救われたことが何度かある。そういうとき、この力――それは文学的機能と言ってよいにちがいない――はいったい何なのだろうかと、考えてしまったものだ。私は世に言う「ミステリー・ファン」ではないので、ミステリーであればどんなに残虐・俗悪なものでも読めるというほどの、強靭な神経を持ち合わせていない。一読者としては、クリスティーが、「背後に一種の情熱を秘めた探偵小説」(『自叙伝』第九部第二章)と呼んでいるような類のミステリーしか、好んで読む気はしない。それは、言い換えるなら、暴力性やトリックの巧妙さを超えた何かがあとに残るような、上質なミステリーである。読み捨てにしてしまえないその何かとは、人間性に関わるものであるにちがいないと、私には思えた。執筆にあたって、本書には取り上げなかったものの、各国の玉石混淆のミステリー作品を数多く読む必要があったが、これほど犯罪世界にどっぷり浸かることに(時として変調を来すほど辛かったこともあるが)耐え抜けたのも、ひとえに、ミステリーが人間に及ぼす不思議な作用の「謎」を追究したいという本来の目的があったためである。

*

本書が形となった直接のきっかけは、早坂ノゾミさんとの出会いにある。『ミステリーの社会学』の著者としても知られる経済学者・著作家の高橋哲雄氏のご紹介で、当時、岩波新書の編集者だった早坂さんが私の研究室を訪ねてくださったのは、一年半前の夏の終わりのことだった。その秋から京都大学総合人間学部で、「ミステリー研究」という題目の講義を行う予定だという話に及んだとき、早坂さんがそれを新書にしてみてはどうかとご提案くださった。実際に講義を始めてみると、テクストや資料探しなどの準備に追われ、予想以上に手強いテーマだったが、次第に私のなかで「人間学」という核が固まっていった。本書は、その構想をもとに、大幅に発展させて書き下ろしたものである。一章完成するごとに原稿を送ると、編集者からのコメントが返されてきて、なにか久しぶりに、レポートを提出するゼミ生のような、達成感と「サスペンス」入り混じる心境を味わったものである。

予定ではもっと早く仕上がるはずだったのだが、私は大学の雑務に追われ、一時期執筆がストップしてしまい、そうしているうちに早坂さんは『ミステリー』の「結末」を見ぬまま、昨秋ご定年退職されてしまった。そのあとを引き継いでくださった編集部の田中宏幸氏には、ひとかたならずお世話になった。担当者の交代にもかかわらず、スムーズに出版が実現したのは、よき理解者、共同制作者としてご尽力くださった田中氏のおかげである。お二人の編集者に、心より感謝している。

また、本書の出版への道をつけてくださったときから、その完成を楽しみにして、時に貴重なアドヴァイスをくださった高橋哲雄氏に、重ねてお礼申し上げたい。最後に私事にわたるが、本の山に埋もれ執筆に喘いでいる私を見守ってくれた夫と娘に対する感謝も付記しておく。

二〇〇九年三月

廣野由美子

岩波新書/最新刊から

1969 会社法入門 第三版　神田秀樹 著

令和元年改正を織り込むほか、DXやサステナビリティなどの国際的な潮流に対応して進化を続ける会社法の将来も展望する。

1970 動物がくれる力 ―教育、福祉、そして人生　大塚敦子 著

犬への読み聞かせは子供を読書へ誘い、若者は保護犬をケアし生き直す。高齢者は犬や猫と豊かな日々を過ごす。人と動物の絆とは。

1971 優しいコミュニケーション ―「思いやり」の言語学―　村田和代 著

日常の雑談やビジネス会議、リスクコミュニケーションなどを具体的に分析し、「人に優しい話し方・聞き方」を考える。

1972 まちがえる脳　櫻井芳雄 著

人がまちがえるのは脳がいいかげんなせい。だからこそ新たなアイデアを創造する。脳の真の姿を最新の研究成果から知ろう。

1973 敵対的買収とアクティビスト　太田洋 著

多くの日本企業がアクティビスト（物言う株主）による買収の脅威にさらされるなか、彼らと対峙してきた弁護士が対応策を解説。

1974 持続可能な発展の話 ―「みんなのもの」の経済学―　宮永健太郎 著

サヨナラ、持続〈不〉可能な発展――。「みんなのもの」という視点から、SDGsの次の時代における人類と日本の未来を読み解く。

1975 皮革とブランド ―変化するファッション倫理　西村祐子 著

ファッションの必需品となった革製品は、自然破壊、動物愛護、大量廃棄といった倫理的な問題とどう向き合ってきたのか。

1976 カラー版 名画を見る眼Ⅰ ―油彩画誕生からマネまで―　高階秀爾 著

西洋美術史入門の大定番。レオナルド、フェルメール、ゴヤなど、絵画を楽しむための基礎を示し、読むたびに新しい発見をもたらす。

(2023. 6)

岩波新書より

芸術

- 水墨画入門　島尾新
- 酒井抱一　俳諧と絵画の織りなす抒情　井田太郎
- 平成の藝談　歌舞伎の真髄にふれる　犬丸治
- K-POP　新感覚のメディア　金成玟
- ベラスケス　宮廷のなかの革命者　大髙保二郎
- ヴェネツィア　美の都の一千年　宮下規久朗
- 丹下健三　戦後日本の構想者　豊川斎赫
- 学校で教えてくれない音楽◆　大友良英
- 中国絵画入門　宇佐美文理
- 瞽女うた　ジェラルド・グローマー
- 東北を聴く　佐々木幹郎
- 黙示録　岡田温司
- ボブ・ディラン　ロックの精霊　湯浅学
- 仏像の顔　清水眞澄
- ヘタウマ文化論　山藤章二

- 小さな建築　隈研吾
- デスマスク　岡田温司
- コルトレーン　ジャズの殉教者　藤岡靖洋
- 雅楽を聴く　寺内直子
- 歌謡曲　高護
- 琵琶法師　兵藤裕己
- 歌舞伎の愉しみ方　山川静夫
- 自然な建築　隈研吾
- 肖像写真　多木浩二
- 東京遺産　森まゆみ
- 絵のある人生　安野光雅
- 日本の色を染める　吉岡幸雄
- プラハを歩く　田中充子
- コーラスは楽しい　関屋晋
- 日本絵画のあそび　榊原悟
- ぼくのマンガ人生　手塚治虫
- 日本の近代建築　上・下　藤森照信
- ゲルニカ物語　荒井信一
- 千利休　無言の前衛　赤瀬川原平

- やきもの文化史　三杉隆敏
- 色彩の科学　金子隆芳
- 歌右衛門の六十年　中村歌右衛門　山川静夫
- フルトヴェングラー　脇圭平　芦津丈夫
- 楽譜の風景　岩城宏之
- 明治大正の民衆娯楽　倉田喜弘
- 茶の文化史　村井康彦
- 日本の耳　小倉朗
- 日本の子どもの歌　園部三郎　山住正己
- 二十世紀の音楽　吉田秀和
- 水墨画　矢代幸雄
- 絵を描く子供たち　北川民次
- 名画を見る眼　正・続　高階秀爾
- ギリシアの美術　澤柳大五郎
- 音楽の基礎　芥川也寸志
- 日本刀　本間順治
- 日本美の再発見〔増補改訳版〕　ブルーノ・タウト　篠田英雄訳
- ミケルアンジェロ　羽仁五郎

(2021.10)　◆は品切，電子書籍版あり．(R)

岩波新書より

随筆

知的文章術入門	黒木登志夫
人生の1冊の絵本	柳田邦男
レバノンから来た能楽師の妻	梅若マドレーヌ 竹内要江訳
二度読んだ本を三度読む	柳広司
原民喜 死と愛と孤独の肖像	梯久美子
声優 声の職人	森川智之
生と死のことば 中国の名言を読む	川合康三
正岡子規 人生のことば	復本一郎
作家的覚書	髙村薫
落語と歩く	田中敦
文庫解説ワンダーランド	斎藤美奈子
俳句世がたり	小沢信男
日本の一文 30選	中村明
ナグネ 中国朝鮮族の友と日本	最相葉月
子どもと本	松岡享子
医学探偵の歴史事件簿 ファイル2	小長谷正明
里の時間	芥川仁 阿部直美
閉じる幸せ	残間里江子
女の一生	伊藤比呂美
仕事道楽 新版 スタジオジブリの現場	鈴木敏夫
医学探偵の歴史事件簿	小長谷正明
もっと面白い本	成毛眞
99歳一日一言	むのたけじ
土と生きる 循環農場から	小泉英政
なつかしい時間	長田弘
ラジオのこちら側で◆	ピーター・バラカン
面白い本	成毛眞
百年の手紙	梯久美子
本へのとびら	宮崎駿
ぼんやりの時間◆	辰濃和男
思い出袋	鶴見俊輔
活字たんけん隊	椎名誠
道楽三昧	小沢昭一 神崎宣武 聞き手
文章のみがき方	辰濃和男
悪あがきのすすめ	辛淑玉
水の道具誌	山口昌伴
スローライフ	筑紫哲也
森の紳士録◆	池内紀
沖縄生活誌◆	高良勉
シナリオ人生◆	新藤兼人
怒りの方法	辛淑玉
伝言	永六輔
活字の海に寝ころんで	椎名誠
四国遍路	辰濃和男
嫁と姑	永六輔
老人読書日記	新藤兼人
親と子	永六輔
夫と妻	永六輔
活字博物誌	椎名誠
商(あきんど)人	永六輔
芸人	永六輔
現代人の作法	中野孝次
職人	永六輔

岩波新書より

一億三千万人のための小説教室　高橋源一郎
花を旅する　栗田勇
一葉の四季　森まゆみ
西遊記　中野美代子
中国文章家列伝　井波律子
太宰治　細谷博
隅田川の文学　久保田淳
ジェイムズ・ジョイスの謎を解く　柳瀬尚紀
戦後文学を問う　川村湊
三国志演義　井波律子
短歌をよむ　俵万智
新しい文学のために　大江健三郎
歌い来しかた わが短歌戦後史　近藤芳美
四谷怪談 悪意と笑い　廣末保
万葉群像　北山茂夫
折々のうた　大岡信
詩への架橋　大岡信
アメリカ感情旅行　安岡章太郎

読書論　小泉信三
黄表紙・洒落本の世界　水野稔
詩の中にめざめる日本　真壁仁編
日本の現代小説　中村光夫
日本の近代小説　中村光夫
平家物語◆　石母田正
源氏物語◆　秋山虔
古事記の世界◆　西郷信綱
日本文学の古典〔第二版〕　西郷信綱・永積安明・広末保 編
李白　A・ウェイリー　小川環樹・栗山稔 訳
新唐詩選　吉川幸次郎・三好達治
中国文学講話　倉石武四郎
ギリシア神話◆　高津春繁
文学入門　桑原武夫
万葉秀歌 上・下　斎藤茂吉

文学

岩波新書新赤版一〇〇〇点に際して

ひとつの時代が終わったと言われて久しい。だが、その先にいかなる時代を展望するのか、私たちはその輪郭すら描きえていない。二〇世紀から持ち越した課題の多くは、未だ解決の緒を見つけることのできないままであり、二一世紀が新たに招きよせた問題も少なくない。グローバル資本主義の浸透、憎悪の連鎖、暴力の応酬――世界は混沌として深い不安の只中にある。

現代社会においては変化が常態となり、速さと新しさに絶対的な価値が与えられた。消費社会の深化と情報技術の革命は、種々の境界を無くし、人々の生活やコミュニケーションの様式を根底から変容させてきた。ライフスタイルは多様化し、一面では個人の生き方をそれぞれが選びとる時代が始まっている。同時に、新たな格差が生まれ、様々な次元での亀裂や分断が深まっている。社会や歴史に対する意識が揺らぎ、普遍的な理念に対する根本的な懐疑や、現実を変えることへの無力感がひそかに根を張りつつある。そして生きることに誰もが困難を覚える時代が到来している。

しかし、日常生活のそれぞれの場で、自由と民主主義を獲得し実践することを通じて、私たち自身がそうした閉塞を乗り超え、希望の時代の幕開けを告げてゆくことは不可能ではあるまい。そのために、いま求められていること――それは、個と個の間で開かれた対話を積み重ねながら、人間らしく生きることの条件について一人ひとりが粘り強く思考することではないか。その営みの糧となるものが、教養に外ならないと私たちは考える。歴史とは何か、よく生きるとはいかなることか、世界そして人間はどこへ向かうべきなのか――こうした根源的な問いとの格闘が、文化と知の厚みを作り出し、個人と社会を支える基盤としての教養となった。まさにそのような教養への道案内こそ、岩波新書が創刊以来、追求してきたことである。

岩波新書は、日中戦争下の一九三八年一一月に赤版として創刊された。創刊の辞は、道義の精神に則らない日本の行動を憂慮し、批判的精神と良心的行動の欠如を戒めつつ、現代人の現代的教養を刊行の目的とする、と謳っている。以後、青版、黄版、新赤版と装いを改めながら、合計二五〇〇点余りを世に問うてきた。そして、いままた新赤版が一〇〇〇点を迎えたのを機に、人間の理性と良心への信頼を再確認し、それに裏打ちされた文化を培っていく決意を込めて、新しい装丁のもとに再出発したいと思う。一冊一冊から吹き出す新風が一人でも多くの読者の許に届くこと、そして希望ある時代への想像力を豊かにかき立てることを切に願う。

（二〇〇六年四月）

廣野由美子

1958年生まれ．82年，京都大学文学部（独文学専攻）卒業．91年，神戸大学大学院文化学研究科博士課程（英文学専攻）単位取得退学．学術博士．

現在，京都大学大学院人間・環境学研究科教授．英文学，イギリス小説を専攻．1996年，第4回福原賞受賞．

著書に『批評理論入門――「フランケンシュタイン」解剖講義』『小説読解入門――「ミドルマーチ」教養講義』（以上，中公新書），『深読みジェイン・オースティン――恋愛心理を解剖する』（NHKブックス），『謎解き「嵐が丘」』（松籟社），『一人称小説とは何か――異界の「私」の物語』『視線は人を殺すか――小説論11講』（以上，ミネルヴァ書房），『十九世紀イギリス小説の技法』（英宝社，第4回福原賞受賞）ほか．

訳書にジョージ・エリオット『ミドルマーチ』1～4（光文社古典新訳文庫），ティム・ドリン『ジョージ・エリオット』（彩流社）ほか．

ミステリーの人間学
――英国古典探偵小説を読む　　岩波新書（新赤版）1187

2009年5月20日　第1刷発行
2023年7月25日　第2刷発行

著　者　廣野由美子《ひろのゆみこ》

発行者　坂本政謙

発行所　株式会社　岩波書店
〒101-8002 東京都千代田区一ツ橋2-5-5
案内 03-5210-4000　営業部 03-5210-4111
https://www.iwanami.co.jp/

新書編集部 03-5210-4054
https://www.iwanami.co.jp/sin/

印刷・三陽社　カバー・半七印刷　製本・中永製本

ISBN 978-4-00-431187-4　　Printed in Japan

主要参考文献

＊本文中で取り上げたミステリー作品からの引用は拙訳によるが，下記に翻訳書を挙げたものについては随時参照した．

序　章

Auden, W. H. “The Guilty Vicarage.” *The Dyer's Hand and Other Essays* (1948). New York : Vintage International, 1989.

Chesterton, G. K. “A Defence of Detective Stories.” *The Defendant* (1901). Middlesex : Echo Library, 2006.

Eliot, T. S. Introduction to *The Moonstone.* Oxford : Oxford University Press, 1928.

Forster, E. M. *Aspects of the Novel* (1927). Edited by Oliver Stallybrass. Harmondsworth : Penguin, 1990.

Freeman, R. Austin. “The Art of the Detective Story” (1924). *The Art of the Mystery Story : A Collection of Critical Essays.* Edited by Howard Haycraft (See below).

Gerteis, Walter. *Detektive : Ihre Geschichte im Leben und in der Literatur.* München : Heineman, 1953.

Godwin, William. *Caleb Williams* (1794). Edited with an Introduction by David McCracken. Oxford : Oxford University Press, 1982.

Hawthorne, Nathaniel. *The Scarlet Letter* (1850). With an Introduction by Nina Baym and Notes by Thomas E. Connolly. London : Penguin, 1983.

Haycraft, Howard. *Murder for Pleasure : The Life and Times of the Detective Story* (1941). New York : Biblio and Tannen, 1974.

—— (ed.). *The Art of the Mystery Story : A Collection of Critical Essays* (1974). New York : Carroll & Graf, 1992.

Knox, Ronald A. “A Detective Story Decalogue” (1929). *The Art of the Mystery Story : A Collection of Critical Essays.* Edited by Howard Haycraft (*op. cit.*).

MacKay, James. *Allan Pinkerton : The First Private Eye* (1997). New Jersey : Castle Books, 2007.

Morton, James. *The First Detective : The Life and Revolutionary Times of Eugène-François Vidocq.* Ebury Press, 2004［ジェイムズ・モートン

『わが名はヴィドック』栗山節子訳，東洋書林，2006].

Most, Glenn W. & William W. Stowe (eds.). *The Poetics of Murder: Detective Fiction and Literary Theory.* New York: Harcourt Brace Jovanovich, 1983.

Ousby, Ian. *Bloodhounds of Heaven: The Detective in English Fiction from Godwin to Doyle.* Cambridge, Massachusetts: Harvard University Press, 1976.

Poe, Edgar Allan. "The Murders in the Rue Morgue" (1841); "The Mystery of Marie Rogêt" (1842); "The Gold-bug" (1843); "The Purloined Letter" (1845); "'Thou Art the Man'" (1844). *The Complete Tales and Poems of Edgar Allan Poe.* Introduction by Wilbur S. Scott. New Jersey: Castle Books, 2002 [E. A. ポー『ポー名作集』丸谷才一訳，中公文庫，1973].

Priestman, Martin (ed.), *Cambridge Companion to Crime Fiction.* Cambridge: Cambridge University Press, 2003.

Sayers, Dorothy L. Introduction to *Great Short Stories of Detection, Mystery and Horror.* London: Gollancz, 1928 & *The Omnibus of Crime.* New York: Payson and Clarke, 1929.

Steinbrunner, Chris & Otto Penzler (eds.). *Encyclopedia of Mystery and Detection.* New York: Harcourt Brace Jovanovich, 1976.

Thompson, G. R. (ed.). *The Selected Writings of Edgar Allan Poe.* Norton Critical Edition. New York: Norton, 2004.

Van Dine, S. S. "Twenty Rules for Writing Detective Stories." *The Winter Murder Case.* New York: Otto Penzler Books, 1939.

Worthington, Heather. *The Rise of the Detective in Early Nineteenth-Century Popular Fiction.* New York: Palgrave Macmillan, 2005.

フランソワ・ヴィドック『ヴィドック回想録』三宅一郎訳，作品社，1988 [Eugène François Vidocq, *Les Mémoires.* 1828-29].

E. ガボリオ『ルコック探偵』松村喜雄訳．旺文社文庫，1979 [Émile Gaboriau. *Monsieur Lecoq.* 1869].

ボワロー＝ナルスジャック『推理小説論』寺門泰彦訳，紀伊國屋書店，1967 [Boileau-Narcejac. *Le Roman Policier.* Paris: Payot, 1964].

江戸川乱歩「一人の芭蕉の問題」(1947) [江戸川乱歩『幻影城』(1951)，光文社，2003].

小倉孝誠『推理小説の源流――ガボリオからルブランへ』淡交社，2002.

木々高太郎『人生の阿呆』(1936). 創元推理文庫, 1988.
坂口安吾「推理小説論」(1950)〔鈴木幸夫編『殺人芸術——推理小説研究』荒地出版社, 1959〕.
中島河太郎『探偵小説辞典』(1952-57). 講談社, 1998.

第1章

Davis, Paul. *Critical Companion to Charles Dickens : A Literary Reference to His Life and Work.* New York : Facts On File, 1999.
Dickens, Charles. *Barnaby Rudge* (1841). Edited with an Introduction and Notes by Gordon Spence. London : Penguin, 1997.
——. *American Notes* (1842). Edited with an Introduction and Notes by Patricia Ingham. London : Penguin, 2004.
——. *Martin Chuzzlewit* (1843-44). Edited with an Introduction and Notes by Patricia Ingham. Harmondsworth : Penguin, 1999.
——. *Bleak House* (1853). Edited and with an Introduction by Nicola Bradbury. Harmondsworth : Penguin, 1996〔C. ディケンズ『荒涼館』(1-4)青木雄造・小池滋訳, ちくま文庫, 1989〕.
——. *Bleak House* (1853). The Oxford Illustrated Dickens series. With Illustrations by 'Phiz' (Habolt K. Browne) and an Introduction by Osbert Sitwell. Oxford : Oxford University Press, 1987.
——. *Hunted Down : The Detective Stories of Charles Dickens.* Edited with an Introduction by Peter Haining. London : Peter Owen, 1996.
——. *The Mystery of Edwin Drood* (1870). Edited with an Introduction and Notes by David Paroissien. London : Penguin, 2002〔ディケンズ『エドウィン・ドルードの謎／ほか6篇』小池滋訳, 講談社, 1977〕.
Forster, John. *The Life of Charles Dickens* (1872-74). Everyman's Library edition. 2 vols. London : Dent & Sons, 1927.
Forsyte, Charles. *The Decoding of Edwin Drood.* New York : Charles Scribner's Sons, 1980.
Gerteis, Walter. *Detektive : Ihre Geschichte im Leben und in der Literatur* (*op. cit.*).
Jackson, Henry. *About Edwin Drood* (1911). Kessinger Publishing's Rare Reprints series : www. kessinger. net.
James, Elizabeth. *Charles Dickens.* London : British Library, 2004.
Johnson, Edgar. *Charles Dickens : His Tragedy and Triumph.* Revised edition. New York : Viking Penguin, 1977.

Pierce, Gilbert A. *The Dickens Dictionary.* Revised edition. New York : Dover Publications, 2006.

Poe, Edgar Allan. *Tales of the Grotesque and Arabesque*(1840). Introduction by Kevin J. Hayes. Cambridge : Worth Press, 2008.

——. *Saturday Evening Post*(May 1, 1841) ; *Graham's Magazine*(February, 1842). *Essays and Reviews.* Edited by G. R. Thompson. New York : Library of America, 1984.

——. "The Murders in the Rue Morgue"(*op. cit.*).

Quinn, Arthur Hobson. *Edgar Allan Poe : A Critical Biography*(1941). With a Foreword by Shawn Rosenheim. Baltimore and London : John Hopkins University Press, 1998.

Rowland, Peter. *The Disappearance of Edwin Drood.* New York : St. Martin's Press, 1991〔ピーター・ローランド『エドウィン・ドルードの失踪』押田由起訳，創元推理文庫，1993〕.

Shlicke, Paul(ed.). *Oxford Reader's Companion to Dickens.* Oxford : Oxford University Press, 1999.

Van Dine, S. S. "Twenty Rules for Writing Detective Stories"(*op. cit.*).

Walters, J. Cuming. *Clues to Dickens's "Mystery of Edwin Drood."* London : Chapman and Hall, 1905.

江戸川乱歩「ディケンズの先鞭」(1951)〔『続・幻影城』(1954)，光文社，2004〕.

西條隆雄・他編『ディケンズ鑑賞大事典』南雲堂，2007.

柴山雅俊『解離性障害』ちくま新書，2007.

廣野由美子『批評理論入門——「フランケンシュタイン」解剖講義』中公新書，2005.

福島章『犯罪心理学入門』中公新書，1982.

第 2 章

Brontë, Charlotte. *Jane Eyre*(1847). Edited with an Introduction and Notes by Michael Mason. Harmondsworth : Penguin, 1996.

Collins, Wilkie. *Basil*(1852). Edited with an Introduction and Notes by Dorothy Goldman. Oxford : Oxford University Press, 2000.

——. *The Queen of Hearts*(1859). United States : Dodo Press, n. d.

——. *The Woman in White*(1860). Edited with an Introduction and Notes by Matthew Sweet. Harmondsworth : Penguin, 1999〔ウィルキー・コリンズ『白衣の女』(上・中・下)中島賢二訳，岩波文庫，

1996].
——. *The Moonstone*(1868). Edited and with an Introduction by Sandra Kemp. London: Penguin, 1998[ウイルキー・コリンズ『月長石』中村能三訳，創元推理文庫，1970].
——. *Jezebel's Daughter*(1860). Cornwall: Diggory Press, 2008[ウィルキー・コリンズ『毒婦の娘』(ウィルキー・コリンズ傑作選 12)北條文緒訳，臨川書店，1999].
Gaskell, Elizabeth. *Cranford*(1853). Edited by Elizabeth Porges Watson. Oxford: Oxford University Press, 1998.
Gasson, Andrew. *Wilkie Collins: An Illustrated Guide.* Oxford: Oxford University Press, 1988.
Gerteis, Walter. *Detektive: Ihre Geschichte im Leben und in der Literatur* (*op. cit.*).
Knight, Stephen. *Crime Fiction, 1800-2000: Detection, Death, Diversity.* New York: Palgrave Macmillan, 2004.
Ousby, Ian. *Bloodhounds of Heaven: The Detective in English Fiction from Godwin to Doyle*(*op. cit.*).
Peterson, Audrey. *Victorian Masters of Mystery: From Wilkie Collins to Conan Doyle.* New York: Frederic Ungar, 1984.
Pykett, Lyn. *Wilkie Collins.* Authors in Context series. Oxford: Oxford University Press, 2005.
Taylor, Jenny Bourne (ed.). *The Cambridge Companion to Wilkie Collins.* Cambridge: Cambridge University Press, 2006.
Thackeray, William M. *Vanity Fair*(1847-48). Edited with an Introduction by John Sutherland. Oxford: Oxford University Press, 1998.
Thoms, Peter. *The Windings of the Labyrinth: Quest and Structure in the Major Novels of Wilkie Collins.* Athens: Ohio University Press, 1992.
——. *Detection & Its Designs: Narrative & Power in 19th-Century Detective Fiction.* Athens: Ohio University Press, 1998.
Twain, Mark. *Life on the Mississippi* (1883). Introduction by Bill McKibben and Notes by James Danly. New York: Modern Library, 2007.

第3章

Carr, John Dickson. *The Life of Sir Arthur Conan Doyle* (1949). Introduction by Daniel Stashower. New York: Carroll & Graf, 2003.

主要参考文献

Doyle, Arthur Conan. *A Study in Scarlet* (1887). Introducion by Iain Sinclair and Notes by Ed Glinert. London: Penguin, 2001［アーサー・コナン・ドイル『緋色の研究』日暮雅通訳，光文社文庫，2006］.

——. *The Sign of Four*(1890). Introduction by Peter Ackroyd and Notes by Ed Glinert. London: Penguin, 2001［アーサー・コナン・ドイル『四つの署名』日暮雅通訳，光文社文庫，2007］.

——. *The Adventures of Sherlock Holmes* and *The Memoirs of Sherlock Holmes* (1892/1894). Introduction by Iain Pears and Notes by Ed Glinert. London: Penguin, 2001［アーサー・コナン・ドイル『シャーロック・ホームズの冒険』『シャーロック・ホームズの回想』日暮雅通訳，光文社文庫，2006］.

——. *The Hound of the Baskervilles* (1902). Edited with an Introduction and Notes by Christopher Frayling. London: Penguin, 2001［アーサー・コナン・ドイル『バスカヴィル家の犬』日暮雅通訳，光文社文庫，2007］.

——. *Shenlock Holmes: The Complete Stories* with Illustrations from the *Strand Magazine*. Hertfordshire: Wordsworth Editions, 2006.

Frank, Lawrence. *Victorian Detective Fiction and the Nature of Evidence*. New York: Palgrave Macmillan, 2003.

Hardy, Thomas. *Tess of the D'Urbervilles: A Pure Woman*(1891). Edited by David Skilton. Harmondsworth: Penguin, 1985.

Keating, H. R. F. *Crime and Mystery: The 100 Best Books*. New York: Carroll & Graf, 1987.

Knight, Stephen. *Crime Fiction, 1800-2000: Detection, Death, Diversity*(*op. cit.*).

Lycett, Andrew. *The Man Who Created Sherlock Holmes: The Life and Times of Sir Arthur Conan Doyle*. New York: Free Press, 2007.

Rzepka, Charles J. *Detective Fiction*. Cambridge: Polity, 2005.

Symons, Julian. *Portrait of an Artist Conan Doyle*. London: Whizzard, 1979.

Tracy, Jack (ed.). *The Encyclopædia Sherlockiana: Or A Universal Dictionary of the State of Knowledge of Sherlock Holmes*. New York: Avenel, 1987.

Warwick, Alexander & Martin Willis (eds.). *Jack the Ripper: Media, Culture, History*. Manchester: Manchester University Press, 2007.

第4章

Chesterton, G. K. *Charles Dickens* (1906). Introduction by Toru Sasaki. Hertfordshire : Wordsworth Editions, 2007.

——. *The Man Who was Thursday* (1908). Introduction by Kingsley Amis. London : Penguin, 1986〔G. K. チェスタトン『木曜の男』吉田健一訳，創元推理文庫，1960〕.

——. *The Innocence of Father Brown* (1911) ; *The Wisdom of Father Brown* (1914) ; *The Incredulity of Father Brown* (1926) ; *The Secret of Father Brown* (1927) ; *The Scandal of Father Brown* (1935). *The Complete Father Brown Stories.* Introduction by David Stuart Davies. Hertfordshire : Wordsworth Editions, 2006〔G. K. チェスタトン『ブラウン神父の童心』『ブラウン神父の知恵』『ブラウン神父の不信』『ブラウン神父の秘密』『ブラウン神父の醜聞』中村保男訳，創元推理文庫，1982〕.

——. *The Poet and the Lunatics* (1929). *The Selected Works of G. K. Chesterton.* Hertfordshire : Wordsworth Editions, 2008〔G. K. チェスタトン『詩人と狂人たち』中村保男訳，創元推理文庫，1977〕.

——. *The Paradoxes of Mr Pond* (1936). Thirst, North Yorkshire : House of Stratus, 2001〔G. K. チェスタトン『ポンド氏の逆説』中村保男訳，創元推理文庫，1977〕.

——. *Autobiography* (1936). With Introduction by Randall Paine. San Francisco : Ignatius Press, 2006.

——. *A Handful of Authors : Essays on Books and Writers.* Edited by Dorothy Collins. New York : Sheed and Ward, 1953.

Gardner, Martin (ed.). *The Annotated Innocence of Father Brown* (1988). Mineola, New York : Dover, 1998.

ピーター・ミルワード，中野記偉，山形和美共編『G. K. チェスタトンの世界』(改訂増補版)研究社，1986.

山形和美『チェスタトン』(「人と思想」シリーズ)清水書院，2000.

第5章

Austen, Jane. *Jane Austen's Letter to Her Sister Cassandra and Others.* Edited by R. W. Chapman (1932), 2nd edition. Oxford : Oxford University Press, 1952.

Bargainnier, Earl F. *The Gentle Art of Murder : The Detective Fiction of Agatha Christie.* Bowling Green, Ohio : Bowling Green University

Press, 1980.

Barnard, Robert. *A Talent to Detective : An Appreciation of Agatha Christie* (1980). New York : Mysterious Press, 1987［ロバート・バーナード『欺しの天才――アガサ・クリスティ創作の秘密』小池滋，中野康司共訳，秀文インターナショナル，1982］.

Booth, Wayne C. *The Rhetoric of Fiction.* 2nd edition. Chicago : University of Chicago Press, 1983.

Chandler, Raymond. "The Simple Art of Murder." *The Art of the Mystery Story : A Collection of Critical Essays.* Edited by Howard Haycraft (*op. cit.*).

Christie, Agatha. *The Mysterious Affair at Styles* (1920). New York : Random House, 2007［アガサ・クリスティー『スタイルズ荘の怪事件』矢沢聖子訳，早川書房，2003］.

――. *The Murder of Roger Ackroyd* (1926). New York : Barkley, 2000［アガサ・クリスティ『アクロイド殺害事件』大久保康雄訳，創元推理文庫，1959］.

――. *Murder at the Vicarage* (1930). New York : Signet, 2000［アガサ・クリスティー『牧師館の殺人』田村隆一訳，早川書房，2003］.

――. *The Thirteen Problems* (1932). London : Harper Collins, 2002［アガサ・クリスティー『火曜クラブ』中村妙子訳，早川書房，2003］.

――. *Murder on the Orient Express* (1934). New York : Berkley, 2000［アガサ・クリスティー『オリエント急行の殺人』中村能三訳，早川書房，2003］.

――. *And Then There Were None* (1939). New York : St. Martin's Griffin, n. d.［アガサ・クリスティー『そして誰もいなくなった』清水俊二訳，早川書房，2003］.

――. *An Autobiography.* New York : Dodd, Mead, 1977.

Haycraft, Howard. *Murder for Pleasure : The Life and Times of the Detective Story* (*op. cit.*).

Keating, H. R. F. (ed.). *Agatha Christie : First Lady of Crime.* London : Weidenfeld and Nicolson, 1977.

Morgan, Janet. *Agatha Christie : A Biography* (1984). London : Harper Collins, 1997.

Norman, Andrew. *Agatha Christie : The Finished Portrait.* Gloucestershire : Tempus, 2006.

Sova, Dawn B. *Agatha Cristie A to Z : The Essential Reference to Her Life*

and Writings. New York : Facts On File, 1996.
Wilson, Edmund. "Why Do People Read Detective Stories ? " (October 14, 1944) ; "Who Cares Who Killed Roger Ackroyd ? " (January 20, 1945). *Literary Essays and Reviews of the 1930s & 40s.* Edited by Lewis M. Dabney. New York : Library of America, 2007.
モニカ・グリペンベルク『アガサ・クリスティー』岩坂彰訳, 講談社, 1997.
廣野由美子『視線は人を殺すか——小説論 11 講』ミネルヴァ書房, 2008.

終　章

Barnard, Robert. *Unruly Son* (1978). London : Mysterious Press, 1988［ロバート・バーナード『不肖の息子』青木久恵訳, 早川書房, 1984］.
——. "The Woman in the Wardrobe." *Death of a Salesperson and Other Untimely Exits* (1983). New York : Dell Publishing, 1991.
——. *Out of the Blackout* (1985). New York : Felony & Mayhem, 2006［ロバート・バーナード『暗い夜の記憶』浅羽莢子訳, 社会思想社, 1991］.
Dexter, Colin. *Last Bus to Woodstock* (1975). New York : Ballantine, 1996［コリン・デクスター『ウッドストック行最終バス』大庭忠男訳, 早川書房, 1988］.
Du Maurier, Daphne. "No Motive." *The Rendezvous and Other Stories* (1980). With an Introduction by Minette Walters. London : Virago Press, 2005.
Hill, Reginald. *Exit Lines* (1984). London : Harper Collins, 2003［レジナルド・ヒル『死にぎわの台詞』秋津知子訳, 早川書房, 1988］.
James, P. D. *An Unsuitable Job for a Woman* (1972). London : Faber and Faber, 2006［P. D. ジェイムズ『女には向かない職業』小泉喜美子訳, 早川書房, 1987］.
Keating, H. R. F. *Crime and Mystery : The 100 Best Books* (*op. cit.*).
Klein, Kathleen Gregory. *The Woman Detective : Gender & Genre.* 2nd edition. Urbana and Chicago : University of Illinois Press, 1995.
Rendell, Ruth. *The Best Man to Die* (1969). New York : Ballantine, 1975［ルース・レンデル『死を望まれた男』高田恵子訳, 創元推理文庫, 1988］.

主要参考文献

Taylor, Helen (ed.). *The Daphne Du Maurier Companion*. London : Virago Press, 2007.

Wingfield, R. D. *Frost at Christmas* (1984). New York : Bantam, 1995 [R. D. ウィングフィールド『クリスマスのフロスト』芹澤恵訳，創元推理文庫，1994].